SEGUNDA CHANCE

Outras obras da autora publicadas pela Editora Record

Acidente
Agora e sempre
A águia solitária
Álbum de família
Amar de novo
Um amor conquistado
Amor sem igual
O anel de noivado
O anjo da guarda
Ânsia de viver
O apelo do amor
Asas
O beijo
O brilho da estrela
O brilho de sua luz
Caleidoscópio
Casa forte
A casa na rua Esperança
O chalé
Cinco dias em Paris
Desaparecido
Um desconhecido
Desencontros
Doces momentos
Entrega especial
O fantasma
Final de verão
Forças irresistíveis
Galope de amor
Honra silenciosa
Imagem no espelho
Jogo do namoro
Jóias
A jornada
Klone e eu
Meio amargo
Mergulho no escuro
Momentos de paixão
Um mundo que mudou
Passageiros da ilusão
Pôr-do-sol em Saint-Tropez
Porto seguro
Preces atendidas
O preço do amor
O rancho
Recomeços
Relembrança
Resgate
O segredo de uma promessa
Segredos de amor
Segredos do passado
Tudo pela vida
Uma só vez na vida
Vale a pena viver
A ventura de amar
Zoya

DANIELLE STEEL

SEGUNDA CHANCE

Tradução de
ALDA PORTO

EDITORA RECORD
RIO DE JANEIRO • SÃO PAULO

2008

CIP-Brasil. Catalogação-na-fonte
Sindicato Nacional dos Editores de Livros, RJ.

Steel, Danielle, 1948-
S826s Segunda chance / Danielle Steel; tradução Alda Porto.
– Rio de Janeiro: Record, 2008.

Tradução de: Second chance
ISBN 978-85-01-07492-6

1. Romance americano. I. Porto, Alda. II. Título.

CDD – 813
08-4551. CDU – 821.111(73)-3

Título original norte-americano:
SECOND CHANCE

Direitos exclusivos de publicação em língua portuguesa somente para o Brasil
adquiridos pela
EDITORA RECORD LTDA.
Rua Argentina 171 – Rio de Janeiro, RJ – 20921-380 – Tel.: 2585-2000
que se reserva a propriedade literária desta tradução

Impresso no Brasil

ISBN 978-85-01-07492-6

PEDIDOS PELO REEMBOLSO POSTAL
Caixa Postal 23.052
Rio de Janeiro, RJ – 20922-970

EDITORA AFILIADA

Aos poucos felizardos que conseguem uma
segunda chance e a fazem dar certo.
E aos meus maravilhosos filhos, Beatrix,
Trevor, Todd, Nick, Samantha,
Victoria, Vanessa, Maxx e Zara,
que são minha razão de viver
e a alegria da minha vida,

com todo meu amor,
d.s.

Todos buscamos aquela pessoa especial que é certa para nós. Mas quando já passamos por relacionamentos suficientes, começamos a desconfiar que não existe a pessoa certa, apenas gostamos das pessoas erradas.

Por que é assim? Porque nós mesmos somos errados de algum modo, e buscamos parceiros errados de algum modo complementar. Mas é preciso muita vivência para crescer plenamente em nossa inadequação. Só quando nos vemos diante de nossos demônios mais profundos — nossos problemas insolúveis, os que nos tornam verdadeiramente o que somos — estamos prontos para encontrar o parceiro de toda a vida. Só então sabemos finalmente o que estamos procurando.

Vivemos à procura da pessoa errada. Mas não apenas qualquer uma: a pessoa errada "certa" — alguém a quem olhamos com amor e pensamos: "Este é o problema que eu quero ter."

Encontrarei essa pessoa especial que é errada para mim do jeito certo.

— Andrew Boyd

Daily Aflictions [Aflições diárias]

Capítulo 1

O AR-CONDICIONADO ACABARA de parar de funcionar na redação da revista *Chic*, num dia escaldante em Nova York. Era o segundo apagão do dia, e Fiona Monaghan parecia estar pronta para matar alguém ao entrar no escritório, após ficar presa no elevador durante vinte minutos. A mesma coisa acontecera na véspera. Só de sair do táxi na volta do almoço no Four Seasons sentiu-se como se o ar tivesse sido sugado de seus pulmões. Partiria para Paris em duas semanas — se sobrevivesse até lá. Dias assim faziam qualquer um odiar Nova York, mas, apesar do calor e da exasperação, Fiona adorava morar na cidade. As pessoas, a atmosfera, os restaurantes, o teatro, a avalanche de cultura e a agitação por toda parte — até a casa de fachada de arenito no lado leste da rua 74, que quase a levou à falência quando a comprara dez anos atrás. Gastara cada centavo que tinha remodelando. A casa tinha classe e era refinada, um símbolo de tudo que ela era e se tornara.

Aos 42 anos, passara a vida toda se tornando Fiona Monaghan, uma mulher que os homens admiravam e as mulheres invejavam e passavam a gostar quando a conheciam melhor e se tornavam suas amigas. Quando pressionada, podia ser uma temível adversária. Mas até mesmo os que não gostavam dela tinham de admitir que a respeitavam. Ela era uma mulher poderosa, cheia de paixão e integridade, que lutaria até a morte por uma causa em que acreditasse, ou por uma pessoa a quem prometesse apoiar. Jamais quebrava uma promessa, e quando empenhava sua palavra, sabia-se que podia contar com ela. Parecia Katherine Hepburn com um traço de Rita Hayworth — alta, esguia, com cabelos ruivos e olhos verdes que faiscavam de prazer ou raiva. Os que conheciam Fiona Monaghan não a esqueciam, e em seus domínios sabia de tudo, via tudo, dominava tudo e cuidava de tudo. Amava o trabalho mais do que tudo, e lutara com afinco para consegui-lo. Nunca se casara, nem quisera, e embora gostasse de crianças, jamais quis ter filhos. Já tinha muita coisa com que se preocupar, na verdade. Era editora-chefe da revista *Chic* havia seis anos, e se tornara um ícone no mundo da moda.

Também tinha uma vida pessoal plena. Tivera um caso com um homem casado e um relacionamento com outro com quem vivera durante oito anos. Antes, tivera namorados rápidos com artistas plásticos e escritores, mas já fazia um ano e meio que estava sozinha. O amante casado era um arquiteto inglês que viajava a trabalho entre Londres, Hong Kong e Nova York. E o homem com quem vivera era um maestro, que a deixara para se casar e ter filhos, e agora morava em Chicago, o que ela julgava uma sina pior que a morte, pois considerava Nova York o centro do mundo civilizado. Aceitaria morar em Londres ou Paris, mas em nenhum outro lugar. Ela e o maestro continuaram bons amigos. Depois conhecera o arquiteto, a quem ela deixou quando o caso ficou complicado demais e ele ameaçou abandonar a mulher por ela. Não queria casar-se com ele, nem com ninguém. Também não quis se casar com o maestro, embora ele houvesse pedido sua mão repetidas vezes. Para ela, o casamento era um risco alto demais. Preferia andar na corda bamba a arriscar se casar, e avisava aos homens. O casamento nunca fora uma opção para ela.

Sua própria infância fora difícil o bastante para convencê-la de que não queria arriscar-se àquele tipo de dor por ninguém. O pai abandonou as duas quando a mãe tinha 25 anos e ela três. A mãe tentou mais dois casamentos com homens que Fiona detestava, alcoólatras exatamente como seu pai. Não tornou a vê-lo desde que ele fora embora, nem a família dele, e soube apenas que ele morrera quando ela tinha 14 anos. E a mãe morrera quando ela estava na faculdade. Não tinha irmãos, nem parentes conhecidos. Ficara sozinha no mundo por volta dos 20 anos, diplomara-se em Wellesley e fizera-se por conta própria a partir daí. Construiu seu caminho trabalhando em revistas de moda menos expressivas e chegou à *Chic* aos 29. Sete anos depois, se tornou editora-chefe, e o resto era história. Fiona já se tornara uma lenda aos 35 anos, e a mais poderosa editora de revista do país aos 40.

Tinha uma capacidade de julgamento quase infalível, um perfeito senso de moda e do que poderia dar certo, além de tino para os negócios, o que todos que trabalhavam com ela admiravam. Mais que isso, tinha coragem. Não temia correr riscos, a não ser na vida amorosa. Nesta arena não corria nenhum, nem precisava. Não receava ficar sozinha, e no último ano e meio passara a preferir. Nunca estava realmente sozinha, vivia constantemente cercada de fotógrafos, assistentes, estilistas, designers, modelos, artistas e um rebanho de parasitas. Tinha uma agenda lotada e uma vida social ativa, além de muitos amigos interessantes. Dizia sempre que não se importaria se jamais tornasse a viver de novo com alguém. De qualquer modo, não tinha mais espaço nos armários e nenhum desejo de compartilhá-lo com alguém. Já bastavam as responsabilidades na revista; não precisava também ser responsável por cuidar de um homem ou ter de dar satisfação. Fiona Monaghan tinha uma vida empolgante e adorava tudo em sua vida. Adorava toda a confusão, agitação e caos e até dependia um pouco de tudo isso.

Usava uma longa saia justa de seda preta, com minúsculas pregas, blusa branca de camponesa caindo dos ombros, os longos cabelos ruivos presos acima num nó frouxo, quando saiu do elevador onde ficara presa durante 20 minutos, na volta do almoço. A única jóia era um imenso bracelete de turquesa que quase lhe cobria o pulso todo causando inveja em todos que a viam. Tinha sido feito para ela por David Webb. Ela também estava usando sandálias de salto alto Manolo Blahnik, uma enorme bolsa Fendi de crocodilo vermelha, e toda essa combinação de acessórios e linhas longas e simples davam a impressão de inimitáveis elegância e estilo. Fiona era tão estonteante quanto qualquer uma das modelos que eles fotografavam, mais velha, porém igualmente linda, embora não se importasse com sua aparência. Nunca tirava partido do *sex appeal* ou de subterfúgios, interessavam-na muito mais a alma e a mente, que transpareciam em seus profundos olhos verde-escuros. Pensava na capa de setembro quando se sentou à sua mesa, chutou as sandálias para longe e pegou o telefone. Havia um novo estilista em Paris que ela queria que uma das jovens editoras assistentes pesquisasse e acompanhasse. Fiona estava sempre em uma missão de algum tipo, precisava de um rebanho de subalternos e lacaios obsequiosos a acompanhando, e era tão temida quanto admirada. Era preciso andar rápido para acompanhar seu ritmo, e ela não tinha a menor paciência com preguiçosos, paradões ou tolos. Todo mundo na *Chic* sabia que, quando ela acendia o holofote sobre alguém, era melhor mostrar algum resultado, senão...

A secretária chamou-a dez minutos depois para lembrar-lhe de que John Anderson ia vê-la em meia hora, e ela soltou um gemido. Esquecera o compromisso, e entre o calor, a falta de ar-condicionado e o interlúdio no elevador, perdera o ânimo. John era o chefe da nova agência de publicidade que a revista contratara, uma empresa sólida e antiga que, graças a ele, apresentara algumas idéias empolgantes. Fora dela a decisão de fazer a mudança, e conhecera quase todo mundo da agência, menos ele. O trabalho e o conjunto de realizações anteriores falavam por si mesmos. O encontro não passava de uma questão de formalidade, apenas para se conhecerem. Ele andara reorganizando o escritório de Londres quando ela decidira contratar a empresa, e agora que voltara à cidade, haviam combinado de se encontrar. Ele sugerira um almoço, mas ela não tinha tempo, e por isso ela marcou o encontro no escritório, decidida a não se demorar muito.

Ela retornou meia dúzia de telefonemas antes da reunião, e Adrian Wicks, seu editor mais importante, apareceu por cinco minutos para falar dos desfiles de alta-costura em Paris. Era um negro alto, magro, elegante e meio efeminado, que fora estilista durante alguns anos antes de chegar à *Chic*. Tão inteligente quanto Fiona, o que ela adorava. Adrian diplomara-se em Yale, tinha mestrado em jornalismo pela Universidade Columbia, trabalhara como designer de moda, e acabara entrando na *Chic*, e juntos os dois formavam uma dupla impressionante. Ele fora seu braço direito durante os últimos cinco anos. Tão escuro quanto ela era clara, tão viciado em moda quanto ela, e tão entusiasmado por suas próprias idéias e pela revista quanto ela. Além disso, ele era seu melhor amigo. Ela o convidou para participar da reunião com John Anderson, mas ele tinha uma reunião com um estilista às três da tarde, e assim que saiu do escritório a secretária avisou que o Sr. Anderson chegara, e ela pediu que o fizesse entrar.

Ao olhar para a porta em frente a sua mesa, ela viu John Anderson entrar e contornar o móvel para cumprimentá-la. Sorriu-lhe quando os olhos dos dois se encontraram, e um avaliou o outro. Ele era um homem alto, de constituição vigorosa, com cabelos grisalhos impecavelmente penteados, olhos azul-claros, rosto jovem e cheio de atitude. Tão conservador quanto ela era exuberante. Fiona ficara sabendo pelo currículo dele, e por amigos comuns, que ele era viúvo, acabara de fazer 50 anos e tinha um mestrado de Harvard. Também sabia que tinha duas filhas na faculdade, uma em Brown e outra em Princeton. Ela sempre se lembrava dos detalhes pessoais, achava-os interessantes e às vezes úteis para ajudá-la a saber com quem estava lidando.

— Obrigada por ter vindo — disse, sorrindo, os dois ainda se entreolhando. Era quase tão alta quanto ele nos imensos saltos das sandálias Blahnik que tornara a enfiar antes de levantar-se para recebê-lo. Durante o resto do tempo, adorava circular pelo escritório com os pés descalços. Dizia que isso a ajudava pensar. — Sinto muito pelo ar-condicionado. Tivemos cortes de energia durante a semana toda — acrescentou com um sorriso simpático.

— Nós também. Pelo menos você pode abrir as janelas. Meu escritório está parecendo um forno. Foi bom termos decidido nos encontrarmos aqui — ele disse, sorrindo e observando o escritório em volta, uma miscelânea de pinturas de artistas plásticos emergentes, duas fotografias importantes de Avedon que recebera de presente da revista, e *layouts* de futuros exemplares encostados nas paredes.

Uma montanha de jóias, acessórios, roupas e amostras de tecido cobria quase inteiramente o sofá, e ela sem cerimônia jogou tudo no chão, quando a assistente entrou com um jarro de limonada e um prato de biscoitos. Fiona indicou o sofá com um aceno da mão, entregou um copo de limonada gelada para John Anderson um momento depois, e sentou-se em frente a ele.

— Obrigado. É um prazer conhecê-la finalmente — ele disse, educadamente.

Ela balançou a cabeça e ficou séria por um momento, observando-o. Não esperava que ele fosse tão sincero, nem tão bonito assim. Parecia calmo e conservador, mas ao mesmo tempo uma inegável energia, como se uma invisível corrente o percorresse, tão tangível que ela parecia sentir. Apesar da aparência séria, alguma coisa nele era muito excitante.

Ela também não correspondia ao que ele esperava. Era mais sensual, jovem, atraente e informal. Esperava que ela fosse mais velha e mais parecida com uma megera. Tinha uma reputação temível, não por ser antipática, mas dura, embora justa, em suas atividades, uma força a ser levada em conta. E para sua grande surpresa, quando ela lhe sorriu por cima da limonada, pareceu quase uma mocinha. Mas, apesar do ar visivelmente amistoso, em poucos minutos foi direto ao tema do encontro, e foi bastante clara e concisa ao esboçar as expectativas da *Chic*. Eles queriam boas e sólidas campanhas de publicidade, nada de modismos nem exótico demais. A revista era a mais estabelecida no ramo, e ela esperava que a publicidade da revista refletisse isso. Não queria nada desvairado ou louco. Ele ficou aliviado ao ouvi-la. A *Chic* era uma grande cliente para a sua empresa, e ele começava a aguardar com impaciência as negociações com a editora-chefe, de fato agora mais que antes do encontro. Na verdade, ao tomar um segundo copo de limonada, e o ar-condicionado afinal voltar a funcionar, realmente percebeu que gostara dela Gostava de seu estilo e da maneira franca como esboçava as necessidades e problemas da revista. Tinha idéias claras e sensatas sobre publicidade, assim como sobre sua própria atividade. Quando ele se levantou para sair, quase lamentava que o encontro tivesse terminado. Gostara de conversar com ela. Era durona e justa, totalmente feminina e forte ao mesmo tempo. Uma mulher a ser temida e admirada.

Fiona acompanhou-o até o elevador, o que raramente fazia. Em geral tinha pressa de voltar ao trabalho, mas demorou alguns minutos conversando com ele, e sentiu-se satisfeita quando retornou para sua sala. Era um bom homem, inteligente, rápido, divertido, e não tão enfadonho quanto parecera naquele terno cinza com camisa branca e uma sóbria gravata azul-marinho. Parecia mais um banqueiro que o diretor de uma agência de publicidade, mas agradara-lhe o fato de usar sapatos caros que ela corretamente desconfiou que houvesse comprado em Londres, e o terno era cortado à perfeição. Tinha um visual definido, em agudo contraste com o estilo dela própria. Em tudo, e certamente no gosto e estilo, ela era muito mais ousada. Podia vestir praticamente qualquer coisa, e parecer maravilhosa.

Saiu tarde do escritório nesse dia e como sempre apressada. Fez sinal para um táxi diante dos escritórios na Park Avenue, e saiu a toda para sua casa. Passava das seis quando chegou, já definhando do calor no táxi. E, assim que entrou, ouviu caos na cozinha. Esperava convidados para jantar às sete e meia. Mantinha a casa fria como gelo, tanto para seu próprio conforto quanto para o do seu velho buldogue inglês. Ele tinha 14 anos, idade miraculosa para a raça, e era amado por todos que o conheciam. Chamava-se Sir Winston, em homenagem a Churchill. O buldogue saudou-a com entusiasmo quando ela entrou em casa e foi direto para a cozinha conferir o progresso ali. Ficou satisfeita ao ver o pessoal do bufê trabalhando num ritmo frenético, na preparação do jantar indiano que encomendara.

Seu empregado de meio período usava uma camisa de seda amarela folgada e sarongue de seda vermelha feita de tecido de sári. Adorava roupas exóticas, e quando possível ela lhe trazia deslumbrantes tecidos de suas viagens. Sempre se divertia ao ver no que ele os transformava. Chamava-se Jamal, era paquistanês, e, embora fosse meio tresloucado às vezes, quase sempre era eficiente. O que lhe faltava em habilidade nas artes domésticas compensava em criatividade e flexibilidade, o que servia à perfeição para ela. Fiona podia trazer uma dezena ou mais de pessoas para jantar de repente, que ele conseguia fabulosos arranjos de flores e fazer alguma coisa para os convidados comerem, embora nessa noite o pessoal do bufê estivesse realizando a tarefa por ele. Havia meia dúzia de pessoas na cozinha de Fiona, e Jamal cobrira o centro da mesa de jantar com musgo e delicadas flores e velas. Toda a sala fora transformada num jardim indiano, e ele usara jogos americanos de seda fúcsia e guardanapos de cor turquesa. A mesa parecia suntuosa. Simplesmente o visual certo para uma das festas oferecidas por Fiona, que eram lendárias.

— Perfeito! — ela aprovou com um largo sorriso, e depois se precipitou escada acima para tomar uma chuveirada e trocar-se, com Sir Winston se arrastando devagar atrás.

Quando o cachorro chegou ao segundo andar, ela já despira as roupas e entrara no chuveiro.

Quarenta e cinco minutos depois, estava mais uma vez de volta embaixo, num sofisticado sári verde-limão. E uma hora depois, duas dúzias de pessoas conversavam em voz alta na sala de estar. Eram a safra habitual de jovens fotógrafos, escritores da mesma idade dela, um artista famoso e a esposa, um antigo editor da *Vogue* que fora seu mentor, um senador, um rebanho de banqueiros e homens de negócios, e várias modelos famosas — uma noite padrão na casa de Fiona. Todos se divertiam, e quando chegaram à mesa de jantar as conversas já tinham feito as pessoas se sentirem como velhos amigos, e Jamal passava bandejas de champanhe e canapés que o pessoal do bufê preparara. A noite já era um sucesso quase antes de começar. Fiona adorava noites assim, e recebia com freqüência. Seus jantares sempre pareciam casuais, mas de fato eram sempre mais cuidadosamente organizados do que ela admitia, por mais improvisadas, ou de última hora, que fossem as providências. Ela era uma perfeccionista, embora gostasse de pessoas ecléticas e colecionasse uma curiosa variedade de conhecidos de uma ampla gama de campos artísticos. Mais por coincidência que intenção, as pessoas à sua mesa eram com freqüência visões maravilhosas. Mas a estrela que sempre se destacava entre elas como a mais intrigante, a mais elegante, a mais impressionante, era ela própria. Tinha um dom de elegância, graça e entusiasmo como poucas pessoas. E atraía pessoas interessantes como um ímã.

Quando o último dos convidados saiu às duas da manhã, ela subiu para se deitar, após agradecer a Jamal pelos seus esforços. Sabia que ele deixaria a casa impecável, o pessoal do bufê deixara a cozinha imaculada, e Sir Winston há muito roncava em seu quarto. Parecia um cortador de grama, e nunca a incomodava, ela o adorava. Ela largou o sári numa poltrona, enfiou uma camisola que Jamal separara para ela, e cinco minutos depois já dormia profundamente. Levantou-se assim que o despertador disparou às sete. Tinha um longo dia pela frente, estavam acertando os últimos detalhes da edição de agosto, e tinha uma reunião marcada sobre a de setembro.

Estava profundamente absorta com os editores quando a secretária tocou o interfone e disse que John Anderson estava ao telefone. Ela já ia responder que estava ocupada demais e não podia atender, mas pensou melhor. Talvez fosse importante. Ela levantara muitas questões que precisavam de respostas, principalmente sobre o orçamento.

— Bom dia — disse John, alegremente. — É uma hora ruim? — perguntou inocentemente, e ela riu.

Em sua vida, raras vezes havia uma boa hora. Vivia ocupada, e em geral cercada de caos.

— Não, tudo bem. A loucura habitual aqui em volta. Apenas estamos fechando o número de agosto, e começando o de setembro.

— Desculpe, eu não pretendia interromper. Só queria dizer o quanto gostei de nosso encontro ontem.

A voz dele era mais profunda do que ela lembrava, e à medida que o ouvia pareceu sensual. Não era uma palavra que usaria para descrevê-lo, mas a voz dele ao telefone tinha um timbre vigorosamente masculino. Também tinha as respostas para algumas perguntas que fizera na véspera, e ela gostou disso. Gostava de trabalhar com pessoas que davam conta do trabalho rápido. Era óbvio que ele trabalhara um pouco na pesquisa. Ela anotou o que ele disse, e ele informou que ia mandar por fax mais informações depois. Ela agradeceu, e já ia desligar o telefone para lidar com o caos que reinava a sua volta, quando ele mudou inteiramente de marcha, e ela quase o ouviu sorrindo. A voz evoluiu de repente, de um eficiente homem de negócios para alguma coisa próxima de um rapazinho.

— Sei que é meio em cima da hora, Fiona. Você parece ocupada como o diabo, mas tem tempo para almoçar comigo hoje? O meu acabou de ser cancelado.

Na verdade, ele próprio planejava cancelá-lo, se ela aceitasse o convite. Andara pensando nela a manhã toda e queria vê-la de novo. Tudo nela o intrigava.

— Eu... na verdade... — Ela ficou surpresa e pensou um minuto na proposta. Haviam discutido tudo o que era necessário, na véspera, mas disse a si mesma que não era má idéia estabelecer um relacionamento profissional com ele e conhecê-lo melhor. — Eu ia comer aqui, hoje está uma loucura... mas... podemos ser rápidos? Posso sair por volta de 13h15 e tenho de estar de volta às 14h30 para nossa reunião editorial de setembro.

— Tudo bem. Eu conheço uma delicatessen muito decente perto de você, onde podemos pegar um sanduíche. Está bom para você?

Ele era um executivo e prático, e ela gostou dessa falta de artifício e pretensão. Já gostava de muita coisa naquele homem, e desconfiava que ia gostar de trabalhar com ele. Muito mais do que esperara. Ele era agradável e atraente, e ela talvez até o convidasse para um jantar, quando voltasse de Paris.

— Parece ótimo. Onde nos encontramos?

— Vou estar aí embaixo às 13h10. Não se preocupe se for se atrasar — ele disse, tranqüilizando-a.

O que era bom. Ela quase sempre se atrasava. Simplesmente tinha coisas demais a fazer, e era difícil acomodar tudo. Em geral, funcionava com 20 a 30 minutos de atraso, como um relógio desregulado.

— Perfeito. Até logo.

Ela desligou sem pensar mais no assunto e voltou para a reunião. Adrian fazia uma apresentação para os outros editores a essa altura, e eram quase 13h15 quando terminou. Ela olhou o relógio de pulso quando a reunião acabou, juntou os papéis, jogou-os na cesta, pegou a bolsa e encaminhou-se para fora da sala.

— Aonde vai? Quer almoçar? — perguntou Adrian, sorrindo. A reunião transcorrera bem, e os dois ficaram satisfeitos com o visual da edição de agosto, agora que estava terminada.

— Não posso. Compromisso. Vou almoçar com o pessoal da nossa agência de publicidade.

Ela quase o convidou a ir, mas não o fez.

— Achei que tinha feito isso ontem.

Ele arqueou uma sobrancelha. Sabia que Fiona não saía para almoçar, a não ser que tivesse de fazê-lo. Logo não era obviamente uma ocasião social.

— Continuaremos o trabalho.

Não teve certeza se estava mentindo para ele ou para si mesma quando saiu. Mas, por algum motivo, pressentiu que o almoço com John Anderson não seria inteiramente profissional. E não se importava. Ele parecia um cara legal e uma pessoa decente. Esperava-a embaixo num Ford Lincoln com motorista e deu-lhe um largo sorriso assim que a viu. Ela usava calça larga de linho rosa, uma blusa sem mangas, sandálias e bolsa de palha pendurada no ombro; parecia que ia à praia. Mais um dia de calor tórrido, embora fizesse um abençoado frio no carro com ar-condicionado. E, quando entrou, ela lhe sorriu.

— Você está maravilhosa — disse John, admirando-a, quando ela se sentou ao lado dele, e saíram para a prometida delicatessen.

Ficava apenas a alguns quarteirões, mas estava quente demais para ir a pé. Fazia simplesmente mais de 37 graus Celsius do lado de fora. Ele usava terno bege e camisa azul, e outra gravata escura de aparência séria. Todo profissional, contrastando totalmente com o visual de verão de Fiona, que arrumara os cabelos num nó frouxo prendendo-o com pauzinhos chineses. Ele não pôde resistir a imaginar de repente o que aconteceria se os puxasse. Agradava-lhe a idéia de ver aqueles cabelos ruivos desabando em cascata sobre os ombros dela, enquanto tentava concentrar-se no que ela dizia.

Fiona estava contando sobre a reunião que acabara de ter, e ele percebeu, olhando-a, que não ouvira uma única palavra que ela dizia. Àquela altura, haviam chegado à delicatessen, e o motorista abria a porta e a ajudava a sair.

A delicatessen, movimentada e cheia, parecia eficiente e limpa, e o cheiro da comida, delicioso. Fiona pediu uma salada e um chá gelado e John pediu um sanduíche de rosbife e uma xícara de café, e, quando a olhou, ele se viu casualmente imaginando que idade ela teria. Quarenta e dois, mas parecia dez anos menos.

— Algum problema? — perguntou Fiona.

Ele tinha uma expressão estranha no rosto, como se houvesse sido atingido por alguma coisa, quando o garçom lhe serviu o café.

— Não.

Queria dizer-lhe que gostava de seu perfume, mas temeu que ela o julgasse um idiota se o fizesse. Não parecia o tipo de mulher que misturava trabalho com prazer, e em geral ele também não. Mas alguma coisa nela era imensamente perturbadora, quase hipnotizadora. E ele se sentia arrebatado. Sem pretender, ela tinha uma qualidade sedutora, e ele achava difícil manter a mente no trabalho ali sentado à mesa defronte dela, fitando os profundos olhos verdes que lhe retribuíam o olhar com tanta seriedade. Inteiramente alheia ao que ele pensava dela, Fiona jamais prestara muita atenção no impacto que exercia sobre os homens; estava sempre ocupada demais e falando sobre uma variedade de tópicos. John ficou fascinado por ela.

— Gostei dos números iniciais que você apresentou esta manhã — ela comentou, quando a comida chegou, e começou a comer a salada.

Tão elegantemente magra, era difícil imaginar que ela comesse muito, mas também não parecia anoréxica. Tinha apenas o suficiente de carne nos ossos para dar à sua figura uma aparência que o atraía. Parecia atlética, e ele notou que tinha braços fortes, firmes e magros. Imaginou se ela jogava tênis ou nadava muito. O orçamento da revista *Chic* era a última coisa que passava pela mente dele, enquanto a observava.

— Que tem feito neste verão? — ele perguntou, depois que haviam falado superficialmente sobre o orçamento. Queria saber mais sobre ela, não apenas seu trabalho. — Vai viajar?

— Estou indo para Paris daqui a duas semanas, para os desfiles de alta-costura. E depois sempre vou a Saint-Tropez passar uma semana. Depois tenho de voltar, senão perco o emprego.

Ela sorriu para ele entre uma garfada de salada e outra, e ele riu.

— De algum modo, duvido. Vai a Hamptons nos fins de semana? — ele perguntou, curioso sobre a vida dela.

— Às vezes. Quase sempre trabalho o fim de semana todo. Depende do que tenho a fazer. Tento tirar algum tempo de folga. E em geral vou ao Martha's Vineyard no Dia do Trabalho. Estarei na França no Quatro de Julho.

— Como são os desfiles de alta-costura?

Embora ele não conseguisse nem imaginá-los, pareciam interessantes. Nunca estivera num desfile de moda na vida, muito menos em Paris. Mas imaginava-a facilmente naquele cenário, e gostava da idéia. Alguma coisa nela era inatamente excitante e glamourosa.

— Muito divertidos, movimentados, loucos, belos, frenéticos. Roupas magníficas e modelos espetaculares. Há muito menos casas de alta-costura que antes, mas ainda assim é um espetáculo muito bom. Agora que você representa a revista, devia ir ver um dia. Ia adorar as modelos; os homens sempre adoram. Posso arranjar ingressos, se quiser. Suas filhas gostariam de ir?

— Talvez. — Ele não se lembrava de ter-lhe falado de Hilary e Courtenay, mas talvez tivesse. — Nenhuma das duas é apaixonada por moda, mas seria difícil recusar uma viagem a Paris. Em geral, vamos a uma fazenda em Montana todo ano. Minhas duas filhas gostam de montar. Não sei se vamos conseguir ir neste. As duas têm trabalhos de verão. Hilary vai trabalhar em Los Angeles, e Courtenay arranjou um trabalho num acampamento em Cape. É muito mais difícil passarmos férias juntos, agora que elas estão na faculdade.

Embora detestasse admiti-lo, desde que a mãe delas morrera, a família não passava tanto tempo junto quanto ele gostaria. Todos seguiam caminhos separados hoje, apesar de se falarem com freqüência e a fazenda em Montana ser uma lembrança doce e amarga ao mesmo tempo para ele. Não se sentia muito infeliz com a perspectiva de desistir dessa viagem. Ele se lembrava muito da mulher e dos felizes verões que haviam passado lá quando as meninas eram pequenas.

— Você tem filhos, Fiona? — ele perguntou.

Sabia muito pouco sobre ela, além do contexto de trabalho.

— Não. Não tenho. Eu nunca me casei. Não que isso seja um pré-requisito hoje em dia. A maioria das pessoas que conheço com filhos não é casada. Mas, não, em resposta à sua pergunta, não tenho filhos.

Não parecia infeliz por isso.

— Sinto muito — ele disse, solidário, e ela sorriu.

— Eu, não. Sei que parece horrível admitir, mas eu nunca quis. Imagino que muita gente daria ótimos pais, e nunca tive certeza sobre se eu era um deles. Nunca quis correr esse risco.

Ele sentiu vontade de dizer que não era tarde demais, mas achou que seria presunçoso.

— Você pode se surpreender. É difícil lidar com a idéia de filhos até termos os nossos. Eu não fiquei muito entusiasmado a respeito até Hilary nascer. Foi muito melhor do que imaginei. Sou louco por minhas meninas. E elas são muito tolerantes comigo. — Ele hesitou por um momento e depois continuou. — Ficamos muito mais unidos desde que a mãe delas morreu, embora as meninas agora tenham suas atividades e tenham suas próprias vidas. Mas a gente se fala com freqüência, e se reúne quando pode.

Elas também confiavam mais nele que antes, agora que a mãe se fora.

— Há quanto tempo foi isso? Sua mulher, quer dizer — ela perguntou, com tato.

Não sabia se ele continuava de luto ou se adaptara à perda. Ele não falava da mulher com admiração e reverência, mas com afeto e simpatia, o que a levou a deduzir que fizera as pazes com a morte dela.

— Em agosto faz dois anos. Parece muito tempo algumas vezes, e apenas semanas em outras. Ela ficou doente durante muito tempo. Quase três anos. As meninas e eu tivemos tempo para nos ajustar, mas é sempre certo um choque. Ela tinha apenas 45 anos quando morreu.

— Eu sinto muito.

Ela não sabia o que dizer, e pensar naquilo a deixava triste por ele.

— Eu também. — Ele sorriu saudoso. — Ela era uma boa pessoa. Fez tudo o que pôde antes de morrer a fim de nos preparar para cuidarmos uns dos outros. E me ensinou muita coisa, a ter graça sob pressão. Não sei se eu conseguiria ser tão forte na situação dela. Vou sempre admirá-la por isso. Chegou até a me ensinar a cozinhar.

Ele riu, e animou o momento, pois Fiona também sorriu.

Ela gostou muito dele, muito mais do que esperava. De repente nada tinha a ver com a *Chic*, nem com a nova agência de publicidade que contratara, e comentou.

— Ela parece ter sido uma mulher maravilhosa.

Fiona sentiu vontade de dizer a ele que o achava um homem maravilhoso. A visão da mulher agonizante ensinando-o a cozinhar a comovera, e ela desconfiou que as filhas também seriam boas moças, se parecessem com ele.

— Ela era incrível. E você também. Estou imensamente impressionado com o que faz, e com o império que dirige, Fiona. Não é uma tarefa nada pequena. Deve viver sob pressão constante, com prazos finais todo mês. Eu teria desenvolvido uma úlcera na primeira semana.

— A gente se acostuma. Eu floresço no meu trabalho. Acho que adoro a descarga de adrenalina. Não sei o que faria sem isso. Os prazos me mantêm no rumo. Você também não está dirigindo um império pequeno.

A agência era a terceira maior do mundo, e ele já dirigira uma ainda maior. Mas a mudança para essa em que estava agora fora um golpe de sorte, tinha uma reputação de ouro e ganhara uma porção de prêmios por criatividade. Tinha mais prestígio do que na agência em que trabalhara antes, embora a atual fosse ligeiramente menor, mas não muito.

— Eu adoro o escritório de Londres. Não me incomodaria dirigi-lo por alguns anos. Na verdade, me ofereceram esse primeiro, anos atrás, mas eu não podia pedir a Ann que se mudasse, ela estava doente demais nessa época, e eu não queria deixar as meninas aqui; elas não queriam deixar suas escolas. No fim, consegui um trabalho maior mais tarde por ter recusado. E essa mudança chegou bem na hora certa. Eu estava pronto para seguir em frente e fazer alguma coisa nova. E você, Fiona, se vê envelhecendo e grisalha na *Chic*, ou gostaria de fazer alguma outra coisa depois?

— A gente não envelhece e fica grisalha em revistas de moda — ela disse, sorrindo —, com poucas exceções. — Sua mentora e antecessora ficara até os 70 anos, mas isso era raro. — Quase sempre, é um cargo que tem um tempo de duração, e eu não tenho absolutamente a menor idéia do que faria se saísse. Nesse momento, não é uma idéia muito atraente, e espero que ainda tenha alguns anos pela frente na *Chic*. Talvez até muitos anos, se eu tiver sorte. Mas sempre quis escrever um livro.

— De ficção ou não-ficção? — ele perguntou com interesse.

Haviam terminado o almoço, mas nenhum dos dois queria ir embora e voltar para o trabalho.

— Talvez as duas coisas. Um de não-ficção sobre o mundo da moda, como é. E talvez, depois desse, um romance no mesmo estilo. Eu adorava escrever contos quando era garota, e sempre quis transformá-los num livro. Seria divertido tentar, embora eu não saiba se conseguiria.

Era difícil para ele imaginar alguma coisa que ela não conseguisse fazer, se decidisse. E podia facilmente visualizá-la escrevendo um livro. Era brilhante, inteligente e rápida, e contava histórias muito engraçadas sobre o trabalho. Ele desconfiava que ela pudesse escrever uma coisa divertida de ler.

— Você se vê fazendo alguma coisa após a publicidade, ou em vez dela?

Ela sentia curiosidade sobre ele, assim como ele sentia curiosidade sobre ela. E obviamente estavam assentadas as bases para algum tipo de elo que transcendia o trabalho. Talvez apenas conhecendo melhor um ao outro, para dar profundidade e personalidade ao contato que iam ter para a *Chic*.

— Francamente? Não. Nunca fiz nada além de publicidade. Talvez golfe? Não sei. Não sei se existe vida após o trabalho.

— Todos nós sentimos isso. Na maioria das vezes, eu simplesmente imagino que morrerei na minha mesa de trabalho. Não em breve, espero — ela disse, sentindo-se sem graça, ao se lembrar da morte prematura da mulher dele. — Não tenho tempo para fazer muito mais do que trabalhar.

— Pelo menos tem de fazer isso em lugares divertidos. Paris e Saint-Tropez não me parecem lugares para se trabalhar.

— Não são. — Ela deu um largo sorriso. — E acabei de ser convidada para passar alguns dias no barco de um amigo quando for a Saint-Tropez.

— Agora estou com ciúmes mesmo — ele disse, pagando a conta.

Sabia que ela tinha de voltar para o escritório, e ele também.

— Talvez você devesse vir conferir. Só me avise se quiser ingressos para os desfiles.

— Quando serão? — ele perguntou, interessado.

Jamais, nem remotamente, pensara em ir a Paris assistir aos desfiles de alta-costura. Seria decididamente a primeira vez, embora achasse improvável que pudesse. Estava muito ocupado.

— Na última semana de junho e nos primeiros dias de julho. São muito divertidos, sobretudo se a gente conhece as pessoas. Mas mesmo que você não as conheça, são espetaculares para se observar.

— Eu tenho uma reunião em Londres no dia primeiro de julho. Se conseguir me livrar por um ou dois dias antes ou depois, eu aviso.

Seguiam de volta para o carro, e parecia que haviam sido sugados num vácuo quando saíram apressados da delicatessen até o carro.

— Obrigada pelo almoço — disse Fiona, sentando-se ao lado dele. Cinco minutos depois estavam de volta no prédio do escritório dela, e ela virou-se para sorrir-lhe mais uma vez antes de descer. — Foi divertido. Obrigada, John. Eu me sinto como um ser humano de novo, voltando ao trabalho. Meu pessoal vai agradecer a você por isso. Quase sempre eu não almoço.

— Temos de fazer alguma coisa a respeito, não é saudável. Mas eu faço a mesma coisa — ele confessou com um sorriso radiante. — Também gostei muito. Vamos repetir em breve — disse, quando ela desceu e lhe sorriu também.

Depois entrou correndo no prédio, enquanto ele se afastava no carro, pensando nela. Fiona Monaghan era uma mulher admirável, linda, inteligente, excitante, elegante e, à sua própria e inimitável maneira, assustadora como o diabo. Mas pensando nela, na volta para o escritório, ele não estava assustado. John Anderson ficara seriamente intrigado. Era a primeira mulher que conhecia em dois anos que parecia valer mais que um segundo olhar. E valia mesmo, muito mais.

Capítulo 2

NA SEMANA SEGUINTE ÀQUELA em que conheceu John Anderson, Fiona passou dois dias numa importante sessão fotográfica. Seis das mais importantes supermodelos do mundo participaram, quatro principais estilistas foram representados e as fotografias foram feitas por Henryk Zeff. Ele voara de Londres para a sessão, com quatro assistentes, a mulher de 19 anos e os gêmeos de seis meses. A sessão foi fabulosa, e Fiona tinha certeza de que as fotos seriam extraordinárias, e inevitavelmente a semana toda se transformou num zoológico. As modelos eram difíceis e exigentes. Uma delas cheirou cocaína durante quase toda a sessão, duas eram namoradas e tiveram uma tremenda briga no cenário, e a mais famosa e a principal estava tão anoréxica que desmaiou por não comer literalmente nada durante os primeiros três dias de trabalho. Disse que "jejuava", e os paramédicos que chegaram para reanimá-la desconfiaram também de mononucleose. Haviam feito algumas das fotografias na praia, usando casacos de pele, e o sol resplandecente e o calor implacável foram quase suficientes para matar todas elas. Fiona ficou observando-as com a água na altura dos quadris, o único alívio, enquanto ela própria se abanava com um imenso chapéu de palha. O celular tocou no fim daquela tarde pela nonagésima segunda vez. Quase sempre era a redação com alguma nova crise. Já estavam bem avançados na edição de setembro nessa ocasião. A sessão de fotos era para outubro, mas fora a única data que Zeff tinha disponível para eles, pois estava completamente agendado pelo resto do verão. E desta vez, quando o telefone tocou, não era da revista. Era John Anderson.

— Oi, como vai você? — Ele parecia relaxado e alegre, apesar de um longo e conturbado dia que tivera. Mas não era de queixar-se, sobretudo com alguém que não conhecia bem. Estivera lutando a tarde toda para manter um cliente importante, que ameaçava deixar a agência. Acabara conseguindo manter o cliente, mas se sentia como se houvesse passado o dia doando sangue. — É uma hora ruim?

Ela riu da pergunta.

Uma das modelos acabara de desmaiar do calor, e outra acabara de atirar uma garrafa de água Evian em Henryk Zeff por excluí-la de uma foto.

— Não, de jeito nenhum. Hora perfeita — ela respondeu, rindo. Se tivesse uma pistola, atiraria em todas elas. — Minhas modelos estão desmaiando e tendo faniquitos nervosos, uma delas acabou de atirar alguma coisa no fotógrafo, estamos todos prestes a cair de insolação e prostração por causa do calor, e a mulher adolescente do fotógrafo está amamentando gêmeos, os dois cheios de brotoejas e que não pararam de chorar a semana inteira. Apenas mais um dia comum na *Chic*. — Ele riu da descrição, mas para ela era tudo muito real, embora para ele fosse difícil imaginar. Ela estava acostumada com isso. Era a sua rotina diária. — E como foi seu dia?

— Está parecendo muito melhor agora que ouvi o seu. Estive apaziguando ânimos desde as sete da manhã. Mas acho que ganhamos. Acabei de ter uma idéia louca e achei que devia lhe dar um telefonema. Andei pensando se você não queria comer um hambúrguer comigo na volta para casa.

Desta vez ela soltou uma gargalhada.

— Eu adoraria, só que estou mergulhada até o traseiro aqui no Atlântico, num calor de 90 graus, em algum lugar de uma praia em Long Island, numa cidade abandonada por Deus, sem nada além de uma pista de boliche e um restaurante, e nesse ritmo vamos ficar aqui até amanhã de manhã. Do contrário, eu adoraria. Obrigada pelo convite.

— Fica para outra ocasião. A que horas está planejando levantar acampamento?

— Depois do pôr-do-sol, seja lá que hora for. Acho que este deve ser o dia mais longo do ano. Eu soube disso por volta do meio-dia, depois que duas das modelos se estapearam, e uma delas vomitou por causa do calor.

— Que bom que eu não tenho seu trabalho. É sempre assim?

— Não. Em geral, é pior. Zeff é um fotógrafo muito exigente. Não atura muita coisa. Vive ameaçando ir embora e espera que eu faça todo mundo se comportar. Quisera eu.

— Você sempre vai às sessões de fotografia?

Ele entendia pouco do trabalho dela, e de algum modo imaginara que ela ficasse sentada a uma mesa escrevendo sobre roupas. Era muito mais complicado do que isso. Ela também fazia muitos artigos na redação, além de supervisionar o trabalho de todos os demais, para conferir o conteúdo e o estilo. Fiona dirigia a *Chic* com mão de ferro. Preocupava-se com o orçamento e em termos fiscais era a mais responsável editora-chefe que a empresa já tivera. Apesar das imensas despesas, a revista estava no azul havia anos e dava um belo lucro, em grande parte graças a ela e à qualidade de seu produto.

— Eu só vou às sessões de fotografia quando preciso. Quase sempre os editores mais jovens cuidam disso. Mas se o risco é muito grande, ou puder ser, eu participo. Esta é. E Zeff é um grande astro, assim como as meninas aqui.

— E estão de biquínis? — ele perguntou inocentemente, e ela riu com mais vontade ainda.

— Não. Peles.

— Oh, droga.

Ele não podia nem imaginar isso naquele calor.

— Exatamente. Temos de refrescar as meninas o tempo todo depois que tiram os casacos. Até agora nenhuma morreu do calor; então, acho que continuaremos em frente.

— Espero que você também não esteja usando peles — ele provocou.

— Não. Estou em pé aqui na água, de biquíni. E a mulher do fotógrafo ficou nua o dia todo, com os bebês no colo.

— Parece tudo muito exótico. — Lindas mulheres perambulando nuas ou usando casacos de pele numa praia. Era uma visão interessante imaginar Fiona em pé no mar de biquíni falando com ele no celular. — Não é exatamente como o meu dia de trabalho. Mas acho que parece divertido também.

— Às vezes é — ela admitiu, quando Henryk Zeff começou a acenar-lhe com os braços, em pânico. Ele queria deslocar-se para a locação da última sessão de fotos, e todas as moças, menos uma, se opunham e alegavam exaustão por causa do calor. Queria que Fiona negociasse isso para ele, o que, é claro, ela faria. — Parece que tenho de ir, os índios estão prestes a matar o cacique. Não sei se lamento mais por ele, por elas ou por mim. Ligo de volta para você — ela disse, parecendo aflita. — Talvez amanhã.

Já eram 19h15, deu-se conta ao olhar as horas no relógio de pulso, e ficou surpresa de que ele ainda estivesse no escritório.

— Eu ligo para você — ele disse, calmamente, mas ela já se fora, deixando-o sentado, pensativo, à mesa de trabalho.

A vida de Fiona parecia a anos-luz da dele, embora o departamento de arte da agência certamente não tivesse uma vida muito diferente da dela. Mas John raras vezes lidava com eles, e nunca ia às filmagens e sessões de fotografias. Já tinha trabalho demais conseguindo novas contas e mantendo satisfeitos os clientes existentes, além de supervisionar as imensas somas de dinheiro gastas nas campanhas de publicidade. Os detalhes de como se realizavam essas campanhas eram responsabilidade de outra pessoa, não dele. Mas inegavelmente o mundo de Fiona o intrigava. Parecia-lhe fascinante e exótico, embora ela com certeza fosse discordar dele ao ajudar os assistentes a embalar o equipamento de Henryk, enquanto a mulher dele tinha um chilique e ele discutia com ela, e os dois bebês choravam. As modelos desfaleciam sob os guarda-sóis, tomando limonada quente de um enorme contêiner, e ameaçavam ir embora, tentando negociar pagamento pela adversidade, e ligavam para suas agências nos celulares. Queixavam-se de que ninguém lhes dissera que a sessão ia ser tão longa, nem que seria com peles. Uma das modelos já ameaçara ir embora por princípio, e disse que ia denunciá-los à PETA, Pessoas pela Ética no

Tratamento de Animais, que sem a menor dúvida faria uma manifestação diante da revista, como fizera antes, se apresentassem as peles com demasiado destaque.

Levaram mais uma hora para se instalar completamente na nova locação, um quilômetro adiante na praia. Já estava quase na hora do pôr-do-sol. Tinham um tempo apertado para a última sessão, e Henryk gritava azafamado para pôr cada uma no lugar certo. A essa altura sua mulher já adormecera no carro com os gêmeos. E Fiona se deu conta de que estava exausta enquanto observava o final da sessão. Passava das nove quando todos se vestiram e saíram da praia, todo o equipamento foi embalado e as modelos tinham sido acomodadas nas limusines que a *Chic* contratara para elas. O caminhão do bufê já se fora. Henryk, a mulher e os bebês partiram primeiro. E Fiona foi a última a sair. Alugara um Ford Lincoln para si mesma. Fechou os olhos e recostou-se quando todos arrancaram. Eram quase onze da noite quando chegou em casa. Mas do ponto de vista técnico fora um dia perfeito. Ela sabia que as fotos ficariam deslumbrantes, e nenhum dos problemas jamais se revelaria.

Mas ao subir a escada para o quarto sentia-se com cem anos. E sorriu quando viu Sir Winston roncando alto na cama dela. Invejava-o pela vida que levava. Estava cansada demais para jantar, ou até mesmo para descer à cozinha e beber alguma coisa. Estava com uma tremenda azia após beber limonada o dia inteiro. E, quando o celular tocou, fitou-o por um longo momento, cansada demais para estender o braço e fisgá-lo de dentro da bolsa. Sabia que com mais dois toques iria para a caixa de mensagens, e não se importava. Então, no último segundo, pensou que poderia ser Henryk, com algum problema medonho após a sessão de fotografias. Poderiam ter tido algum acidente no caminho de volta e perdido o filme, ou sido seqüestrados por um OVNI.

— Sim? — disse numa voz quase irreconhecível.

Estava quase cansada demais para se importar.

— Meu Deus, você parece que está morrendo. Está tudo bem?

Era John, e ela não reconheceu a voz.

— Eu *estou* morta. Quem é, e por que está me ligando?

Pelo menos não era Henryk. O sotaque era americano, não britânico, e ninguém em geral se importava em saber se ela estava morta ou não. De qualquer modo, havia muito tempo que não.

— É John. Desculpe, Fiona, estava dormindo?

— Oh. Desculpe. Receei que tivesse algo a ver com as fotos. Receei que tivessem perdido o filme. Acabei de chegar em casa.

— Você dá duro demais no trabalho — ele disse, com pena.

Compadeceu-se sinceramente dela. Parecia tão cansada quanto de fato se sentia.

— Eu sei. Acho que é para isso que me pagam. Como está você? — ela perguntou, esticando-se na cama e fechando os olhos.

Sir Winston abriu um olho, viu-a ali deitada, virou-se de costas e roncou ainda mais alto. Ela sorriu ao ouvir aquele som conhecido; ele parecia um 747 aterrissando no telhado da casa, e John também ouviu.

— Que barulho é esse?

Parecia que ela tinha uma serra elétrica nas mãos, o que era quase a mesma coisa.

— Sir Winston.

— Quem é? — ele perguntou, surpreso.

— Não diga a ele que o chamei disso, mas é meu cachorro.

— Seu cachorro faz esse barulho? Meu Deus, qual é a raça dele, ou qual é o problema dele? Parece *O massacre da serra-elétrica* em Surround Sound.

— Faz parte do charme dele. É um buldogue inglês. Quando eu morava em apartamento, meus vizinhos de baixo não paravam de reclamar; ouviam pelo piso. Achavam que eu ligava alguma maquinaria pesada e se recusavam a acreditar que pudesse ser um cachorro, até eu os convidar uma noite quando ele estava dormindo.

— Você não dorme com ele, dorme?

Era óbvio para ele que não. Como poderia dormir com todo aquele barulho?

— Claro que sim. É meu melhor amigo. Vivemos juntos há 14 anos, é o mais longo relacionamento que já tive, e o melhor — ela respondeu, orgulhosa.

— Bem, esse é um assunto para conversar qualquer hora dessas, quando você não estiver tão cansada. Liguei na verdade para ver como você estava depois das sessões fotográficas, e saber se gostaria de jantar comigo amanhã.

Decidira vê-la mais uma vez antes que ela partisse para Paris, além do fato de que ela não saía de sua mente. Ela se instalara ali desde que a conhecera.

— Que dia é amanhã? — ela perguntou, abrindo os olhos.

Tinha a mente vazia. Estava verdadeiramente morta de cansaço.

— Vinte e dois. Sei que é meio em cima da hora, tive uma semana louca e tinha um jantar com clientes que fiquei extasiado quando cancelaram.

Ele passava a maioria das noites entretendo clientes, e sempre ficava animado quando tinha uma noite só para si.

— Droga — ela lembrou de repente —, não posso. Lamento — e então decidiu incluí-lo em seus planos. Ele ia parecer meio estranho no grupo, mas agradava-lhe a idéia, desde que ele não se incomodasse. — Vou receber algumas pessoas para jantar; é sempre bem informal aqui. E muito de última hora. Organizei apenas na semana passada. Vou receber alguns amigos músicos que chegaram de Praga e um bando de artistas plásticos que não vejo há séculos. Um dos editores da revista também vem, e não lembro quem mais. Vou fazer apenas uma massa e uma salada.

— Não me diga que também cozinha.

Parecia realmente impressionado, e ela riu.

— Não se puder evitar. Contratei alguém para fazer isso. — desta vez era Jamal e não o pessoal do bufê que faria o jantar. Ela disse a todos que, se o calor não estivesse insuportável demais, iam jantar no jardim. Nas noites quentes de verão, era relaxante e agradável. E Jamal preparava massas fabulosas. Ele quisera fazer uma *paella*, mas ela não confiava em frutos do mar no calor, o que era sensato, e por isso o mandara preparar uma massa. Com vinho suficiente à mão, ninguém parecia ligar muito para a comida. — Gostaria de vir? Basta uma calça jeans e uma camisa; não precisa pôr gravata.

Não o imaginava sem uma.

— Parece divertido. Você recebe com freqüência?

— Quando tenho tempo. E às vezes mesmo quando não. Gosto de ver amigos, e tem sempre alguém passando pela cidade. Você costuma ter convidados para jantar, John?

Ela ainda não tinha nenhuma idéia de como era a vida dele, apenas que gostava de viajar com as filhas. Ainda não tinham conversado muito sobre o assunto.

— Só para negócios, em restaurantes. Porém é mais obrigação que prazer. Não dou um jantar desde que minha mulher morreu. Ela adorava receber convidados. — Tinha isso em comum com Fiona, embora seus estilos fossem completamente diferentes. Ann Anderson oferecia pequenos jantares para os amigos em Greenwich. Haviam mudado para a cidade apenas quando ela adoecera, porque era mais fácil para ela ficar perto do hospital para o tratamento. E estava muito doente para oferecer jantares. Passara os últimos dois anos no apartamento em que ele ainda morava, um lugar triste para ele agora, mas não disse isso a Fiona. — É difícil dar jantares quando a gente vive sozinho — disse, queixoso, e depois que disse isso sentiu-se um tolo.

Ela era solteira, sempre fora, e isso não parecia detê-la. Nada impedia Fiona de fazer o que queria. Ele gostava disso nela.

— Só precisa ser mais informal a respeito. As pessoas não esperam muito de um solteiro; por isso, qualquer coisa que façamos elas gostam. Algumas vezes, quanto menos fazemos, mais elas gostam. — Na verdade, ela se esforçava mais do que admitia, mas fazia isso parecer sem esforço e espontâneo, o que era parte da magia que criava quando recebia. — Então, vem jantar amanhã?

Esperava que ele fosse, embora o grupo que convidara fosse mais eclético que o habitual, e ela se perguntava se ele os acharia estranhos ou exóticos demais.

— Eu adoraria. A que horas quer que eu chegue? — ele perguntou, parecendo entusiasmar-se.

— Oito horas. Tenho uma reunião até às sete. Vou ter de correr muito para chegar aqui antes dos convidados.

Isso não era incomum na vida dela.

— Posso levar alguma coisa? — ele sugeriu, tentando ser útil, embora desconfiasse que ela já providenciara tudo.

Fiona não era o tipo de pessoa para esquecer o mais remoto detalhe. Não chegara onde estava sendo casual ou vaga.

— Traga apenas a si mesmo. Até amanhã, então.

— Boa noite — ele disse, educado, e desligou.

Em seguida, ela vestiu a camisola e escovou os dentes, pensando nele. Gostava dele, além de sentir uma inegável atração, embora ele fosse inteiramente diferente de qualquer outro homem que já a atraíra. Saíra com alguns rapazes conservadores na universidade quando era jovem. Mas nos últimos anos fora atraída por homens criativos, artísticos, o que havia sempre sido um desastre. Talvez fosse hora de variar. Continuava pensando nele quando se esgueirou para a cama ao lado de Sir Winston, que rolou para o outro lado com um grunhido e continuou roncando ainda mais alto que nunca. Era um ruído conhecido, que a embalava pra dormir. E como sempre ela dormiu direto até o despertador tocar às sete da manhã.

Ela pôs o cachorro no jardim por alguns minutos, tomou uma chuveirada, leu o jornal, tomou café, se vestiu e saiu para o trabalho. E foi outro dia interminável na *Chic*. Passou quase o dia inteiro com Adrian, resolvendo problemas e selecionando fotografias de várias sessões que haviam feito na semana anterior. Não se continha de vontade de ver as fotos feitas por Henryk Zeff. Já sabia que haviam ficado estupendas. Adrian ia ao jantar naquela noite, e ela não disse que John Anderson ia estar lá. Sabia que, se dissesse, ele ia fazer algum comentário e perguntar por que o convidara. Nem ela sabia. E não queria dar muita importância a isso. Poderia acabar se revelando uma daquelas atrações mútuas que não davam em nada. Ou, o mais provável, que se tornariam apenas amigos, se tanto. Eram tão imensamente diferentes um do outro que a probabilidade de alguma coisa resultar daquilo parecia-lhe mínima ou quase nenhuma. Na certa levariam um ao outro à loucura. Melhor fariam sendo apenas amigos. Ainda estava se convencendo disso quando foi para casa à noite e encontrou Jamal preparando uma imensa salada na cozinha e fazendo pão de alho. Ele também fizera canapés. Ela provou um quando entrou. Ele usava calça capri fúcsia e sandálias douradas indianas e estava sem camisa. A maioria dos amigos dela já se acostumara com as produções exóticas dele, e ela achava que emprestavam à noite um ar festivo, embora se perguntasse por que ele não usava camisa, e falou-lhe isso.

— Não acha que está um pouco informal demais? — perguntou, provando mais um canapé.

— Está quente demais para usar qualquer coisa — ele disse, pondo o pão no forno.

Ela verificou no relógio da cozinha que tinha 40 minutos para se vestir.

— Bem, fique só de calça, Jamal. O visual é bom. — Ele pusera certa vez uma tanga dourada incrustada de jóias, que até ela admitira ser um pouco demais, ou na verdade de menos, no caso. — Adorei as sandálias. Onde comprou?

Vira um par igual àquele uma vez, mas não se lembrava onde.

— São suas. Encontrei-as no fundo do seu armário. Você nunca usa. Achei que podia pegar emprestado para hoje à noite. Se importa?

Ele parecia sincero e inocente ao perguntar, e ela as fitou e riu.

— Achei que pareciam conhecidas. Agora que pensei nisso, acho que machucam. Pode ficar com elas se quiser. Caem melhor em você.

Haviam sido amostras de Blahnik feitas especialmente para uma sessão de fotos anos atrás.

— Obrigado — ele disse afetuosamente, enquanto provava o molho da salada numa folha de alface, e ela subiu correndo a escada.

Meia hora depois, estava de volta, vestindo uma calça de seda branca e uma blusa dourada diáfana como gaze, imensos brincos de pingentes incrustados de diamantes, sandálias douradas de saltos altos e os cabelos pendendo nas costas numa trança grossa. Ela e Jamal pareciam quase um conjunto combinando. Ele pusera os pratos, os guardanapos e os talheres na mesa no jardim, e velas e flores por toda parte. Ela arrumara algumas almofadas grandes e aconchegantes pelo jardim, para o caso de as pessoas quererem sentar-se no chão, e pôs uma música assim que os primeiros convidados cruzaram a porta. Quase esquecera a quem convidara, e dera uma olhada na relação de pessoas no andar de cima. Era a habitual mistura de artistas plásticos, escritores, fotógrafos, modelos, advogados, médicos e os músicos que haviam chegado de Praga. Havia um casal de brasileiros que ela conhecera recentemente, dois italianos e uma mulher trazida por eles que falava francês, e por pura coincidência um dos músicos descobrira que a tal mulher também falava checo. Disse que o pai era francês e a mãe checa. Uma combinação perfeita, e quando Fiona olhou as quase duas dezenas de pessoas em seu jardim viu de repente John atravessar a sala de visitas numa imaculada calça jeans bem-passada e uma camisa branca engomada. Usava mocassins Hermès sem meias. Parecia em tudo quase tão impecável quanto num terno, e não tinha um fio de cabelo fora do lugar. E, apesar da falta de imaginação que exibia no guarda-roupa, ela gostava do visual dele, que parecia viril e elegante, imaculado e composto à perfeição, e admiravelmente atraente. Quando ele a beijou no rosto, ela também gostou da colônia que ele usava. E ele comentou a dela. A mesma que usava havia 20 anos. Mandava fazer em Paris, exclusiva para ela. Todos que a conheciam comentavam sobre a colônia. Era simplesmente quente e fria o suficiente, com um aroma condimentado. E ela adorava o fato de que era feita apenas para ela, e não tinha nem um nome. Adrian chamava-a de Fiona Um, e ela mandara fazê-la também para ele, que a observava quando John entrou. Ela os apresentou, enquanto Jamal oferecia champanhe a John. Fiona disse que Adrian era o mais importante editor da *Chic*.

— Ela me lisonjeia, em vez de me dar um aumento — provocou Adrian, falando com John.

E, como ela, ele gostou do que viu, apreciou o estilo, a autoconfiança, a graça tranqüila dele, e percebeu que ela também gostava. Ficou perto de John enquanto os outros circulavam em volta, e apresentou-o a cada um do grupo.

— É uma senhora coleção de pessoas — ele disse, baixinho, num momento de calmaria, depois que Adrian se afastou para conversar com um dos checos.

— Hoje está um pouco mais estranho que de hábito, porém parecia mais divertido. Em geral, dou jantares mais sérios no inverno. No verão, é divertido a gente enlouquecer mais um pouco.

Ele assentiu com a cabeça e pareceu concordar, embora nunca houvesse estado num jantar exatamente como aquele. A casa era linda, aconchegante e acolhedora, e parecia haver um milhão de pequenos tesouros em toda parte, a maioria coisas que ela descobrira em viagens e trouxera consigo. Ele parecia procurar alguma coisa, e então se virou para ela.

— Cadê a serra-elétrica?

— Que serra-elétrica?

— O cara roncando na sua cama ontem à noite.

— Sir Winston? Lá em cima. Ele detesta convidados. Acha que esta casa é dele. Gostaria de conhecê-lo?

Ficou satisfeita por ele ter perguntado. Foi um ponto definitivo para ele.

— Ele vai se opor? — perguntou John, levemente preocupado.

— Vai se sentir honrado.

Era uma boa desculpa para mostrar a John o resto da casa. As salas de estar e de jantar, e a cozinha ficavam no andar principal, e ao lado de uma aconchegante biblioteca no segundo andar ficava um quarto de hóspedes. As cores que escolhera eram todas tons de caramelo e chocolate, com toques de branco e um pouco de vermelho para apimentar. Ela parecia preferir camurças, sedas e pele. Tinha refinadas cortinas de seda debruadas de vermelho. Os quartos de dormir e vestir ficavam na cobertura, com um pequeno escritório que ela usava quando trabalhava em casa, o que era raro. A casa perfeita para Fiona. Houvera um segundo quarto no último andar, que ela transformara num closet quando se mudara.

Quando John chegou à metade da escada, ouviu o ronco alto. E quando entrou no quarto, todo decorado com seda bege, até as paredes, viu-o na cama. Sir Winston dormia e não se mexia. Fiona afagou-o de leve, e ele acabou por levantar a cabeça com um considerável esforço, grunhindo, e encarou-os, e um momento depois deixou tombar a cabeça mais uma vez de volta na cama com um suspiro e fechou os olhos. Não fez a menor tentativa de apresentar-se a John. Pareceu-lhe inteiramente indiferente quando o convidado lhe sorriu.

— Ele parece um genuíno velho cavalheiro. Não parece preocupado com um estranho em seu quarto — comentou John, divertido.

Era realmente um velho cachorro engraçado, e recomeçou a roncar alto de novo com os dois ali parados. Tinha a cabeça no travesseiro dela e um brinquedo preferido junto a si.

— Ele sabe que é o dono da casa. Não tem nada com que se preocupar, e sabe disso. Este é seu reino e eu sou sua escrava.

— Cara de sorte. — John sorriu-lhe e observou o quarto em volta. Havia algumas fotografias, em molduras de prata, de Fiona com diversas celebridades e figuras políticas, alguns atores famosos, dois presidentes, e uma que ela apontou como a sua preferida de si mesma com Jackie Kennedy, quando começara na *Chic*. Apesar da decoração simples, o quarto tinha alguma coisa feminina e elegante, um sutil mas inconfundível estilo, e ficou instantaneamente óbvio que nenhum homem morara ali. Ela nunca dividira a casa com ninguém, a não ser Sir Winston.

— Gosto de sua casa, Fiona. É aconchegante, confortável, elegante, informal, e no entanto tem classe, assim como você. Vejo você em toda parte.

— Eu adoro — ela disse, quando saíram do quarto e voltaram para os convidados no andar térreo.

O pequeno escritório dela tinha paredes laqueadas de vermelho e cadeiras Luís XV forradas com peles verdadeiras de zebra. E um belo tapete de zebra no chão, além de um retrato dela na parede feito por um pintor famoso. Não tinha nada de masculino em nenhum recanto da casa. Quando chegaram embaixo, Adrian continuou a observá-los, e sorriu. Usava camiseta e calça jeans brancas, e sandálias de couro de jacaré, que Manolo Blahnik fizera para ele em tamanho 40.

— Ela levou você para uma excursão? — ele perguntou interessado.

— Eu o apresentei a Sir Winston — ela explicou, quando Jamal anunciou o jantar com um pequeno gongo tibetano de belo som, e lembrou a todos que era hora de comer.

Tudo em Fiona e seu ambiente era exótico, do empregado seminu aos amigos, e em alguns aspectos até a casa e o cachorro, embora fossem ligeiramente mais tradicionais, mas não muito. Pouco havia de tradicional nela, ou previsível, e ela gostava que fosse assim. Mas John também gostou. Em questão de dias ele chegara à conclusão de que ela era a mulher mais excitante que já conhecera na vida. Achava que ela tinha mais classe do que ele já vira num ser humano. E Adrian teria concordado com ele; a maioria das pessoas concordaria.

— Que foi que ele achou? — perguntou Adrian a sério, enquanto John ouvia a conversa dos dois, divertido.

Gostou também do amigo editor dela. Parecia um tanto excêntrico e criativo, mas percebeu ao falar com ele que Adrian era um homem excepcionalmente inteligente e interessante, apesar do gosto um tanto extravagante para sapatos.

— Achou adorável, claro — interveio Fiona por ele, sorrindo para John.

— John, não. Claro que ele achou Sir Winston adorável. Ele nunca lhe diria que o achou um cachorro mimado, fedorento, não importa o que de fato pense. Eu quis dizer, o que Sir Winston achou? Aprovou?

— Não creio que tenha ficado impressionado — interrompeu-o John, com um sorriso. — Dormiu durante toda a entrevista. Com muito barulho!

— Isso é bom sinal — disse Adrian, sorrindo para os dois, e afastou-se em direção à comida.

Eram quatro tipos de massa diferentes, em gigantescas travessas de terracota, três tipos de salada, e o pão de alho tinha um aroma fabuloso. Quase não restara nada do pungente pão quando Fiona e John chegaram à mesa que Jamal arrumara no jardim, e as gardênias com que Jamal decorara a mesa exalavam um empolgante perfume romântico. John pegou uma delas e enfiou na trança dela.

— Obrigado pelo convite. Adoro estar aqui.

Sentia como se houvesse entrado num mundo mágico naquela noite, o que era verdade mesmo. O mundo de Fiona. Via-a como a princesa mágica no centro, enfeitiçando-os a todos. Sentia a essência dela penetrando em seus poros, ao mesmo tempo enfraquecendo-o e dando-lhe força. A cabeça dele quase rodopiava com a excitação provocada por ela, e apesar de si mesma ela começava a sentir o mesmo por ele. Na verdade, não queria, mas começava a sentir uma irresistível atração por aquele homem. Os dois dividiram um pequeno banco de ferro enquanto comiam, e conversavam tranqüilamente, enquanto Adrian os observava interessado da sala de estar. Ele a conhecia muito bem e percebia que ela estava decididamente arrebatada, mas John também. Parecia completamente derrubado por ela, mas quem não ficaria, comentou Adrian com um fotógrafo que também notara, e disse que eles formavam um belo embora improvável par. Os dois sabiam que Fiona não se envolvia com ninguém fazia quase dois anos, e, se era isso que ela queria, estavam felizes por ela. Ainda não dissera nada a Adrian, mas ele sabia que isso não demoraria, se alguma coisa acontecesse. A sensação dele era que iam passar a ver John Anderson bastante, e esperava que sim, por ela, se era o que e quem ela queria, pelo tempo que durasse. Os dois sabiam que para todo o sempre não estava nos planos dela. Mas um ou dois anos conviriam muito bem a ela.

Adrian sempre achara lamentável vê-la sozinha, embora Fiona afirmasse que preferia assim. Ele nunca acreditou mesmo nela, e desconfiava que ela se sentisse solitária às vezes, o que explicava o apego excessivo àquele ridículo cachorro velho. Na verdade, quando chegava em casa à noite, Fiona não tinha ninguém mais. A não ser Jamal. Dava festas maravilhosas e tinha amigos interessantes, alguns dos quais dedicados a ela. Mas não tinha ninguém com quem partilhar sua vida, e Adrian sempre achou que era um desperdício aquela grande mulher nunca ter encontrado um homem que fosse certo para ela. Viu-se torcendo, de uma melancólica maneira sentimental, que John acabasse sendo o homem certo para a amiga.

John foi um dos últimos convidados a partir, mas não achou de bom-tom ser o último. Era quase uma da manhã quando agradeceu a noite e deu-lhe um beijo na face.

— Foi uma noite maravilhosa, Fiona. Obrigado por ter me convidado. Por favor, transmita meus respeitos a Sir Winston. Eu iria até lá em cima, mas não quero perturbá-lo. Diga a ele que envio meus melhores votos e agradeça-lhe por sua hospitalidade — ele disse, segurando a mão dela na sua ao sair, e ela lhe sorriu.

Ela sentia uma queda por ele, porque entendera a importância do cachorro para ela. A maioria das pessoas, como Adrian, o considerava um animal velho e idiota, mas Sir Winston significava o mundo para ela, era tudo que tinha num sentido sentimental, e por isso ainda mais precioso.

— Com certeza direi a ele — respondeu Fiona, solenemente, e John beijou-lhe o rosto mais uma vez quando saiu.

Desta vez ele sentiu o odor da gardênia que prendera no cabelo dela. Tivera um efeito encantador misturado ao perfume dela, mas tudo nela parecia encantador, e detestava ter de ir embora. Era como deixar a aldeia onírica de Brigadoon no filme *A lenda dos beijos perdidos*, e ele se perguntava se tornaria a vê-la de novo assim que atravessasse a ponte de volta ao mundo real. O único mundo que parecia real para ele agora era o dela, além de ser o único que ele queria.

— Eu ligo para você amanhã — sussurrou, para que ninguém ouvisse.

Ela fez que concordou com a cabeça, sorriu e voltou para os outros convidados, ainda sorrindo e pensando nele. Mas continuava com a mente dividida em relação a ele, atraída e receosa ao mesmo tempo. E no fim, como sempre, Adrian foi o último a sair, e não pôde resistir a provocá-la sobre John.

— Você está caindo direitinho, Srta. Monaghan. Como uma tonelada de tijolos, eu diria. Mas, para variar, eu aprovo. Ele é respeitável, inteligente, responsável, empregado, simpático, bonito e está apaixonado por você, ou logo vai estar. E bem a caminho disso.

Mas sentia-se feliz por ela, e aprovava de todo coração.

— Não, não está. Nem sabemos nada um do outro. Acabamos de nos conhecer na semana passada.

Tentava parecer mais sensata do que se sentia. Mas não queria que Adrian descobrisse o quanto gostara de John. Quem poderia saber aonde ia dar isso? Na certa em lugar algum, disse a si mesma, tentando manter-se distante.

— Desde quando essas coisas levam muito tempo para acontecer? As certas nunca levam. O homem certo entra na sua vida e você sabe na hora, Fiona. São os errados que exigem um longo tempo para a gente perceber. Os caras legais derrubam a gente de bunda no chão. Ou é ao contrário? Em todo caso, tive um bom pressentimento em relação a esse homem, Fiona. Agora não vá ficar apavorada e dizer a ele que quer ficar sozinha. Pelo menos dê uma chance ao cara.

— Veremos — ela disse, com um ar misterioso, enquanto Jamal apagava todas as velas e recolhia os pratos e os copos das mesas no jardim.

A noite fora um grande sucesso, como sempre. Porém, mais que nunca para ela. Fora surpreendentemente agradável, e até confortável, ter John com ela. E ele parecera inesperadamente entrosado com a louca variedade de convidados. Foi simpático e natural com todo mundo.

— Você não pode morar nesta casa com um homem, você sabe disso — disse sensatamente Adrian. — É demais a sua cara. Ele nunca vai se sentir à vontade aqui se ele se mudar para cá.

— Eu não o convidei. E jamais vou morar em outro lugar. Esta é a minha casa. E, além disso, não é um pouco prematuro? — Ela fingiu zangar-se com Adrian, e depois riu dele. — Sir Winston e eu estamos perfeitamente felizes sozinhos.

— Papo furado. Você se sente tão solitária quanto todo mundo. Todos nós. Você pode ser perfeita, Fiona Monaghan, mas também é humana. Seria bom para você morar com um homem. Eu voto em John. Ele me parece um guardião.

Embora isso a assustasse e não quisesse admitir para Adrian, também ela pensava assim.

— Sir Winston jamais toleraria. Ia considerar uma infidelidade a ele. Além disso, eu não poderia abrir mão de espaço no armário. Jamais conheci um homem por quem valesse a pena abrir espaço no armário — ela disse, obstinada, mas os dois sabiam que não era verdade.

Fora muito apaixonada pelo maestro que acabara deixando-a por outra pessoa porque ela se recusara a casar com ele. E pelo arquiteto que queria abandonar a mulher por ela. O problema com Fiona era que sentia pavor do casamento e, em alguns aspectos, de ficar presa demais a homens. Não queria que a abandonassem, e sabia que no fim todos a abandonariam. Ou pelo menos era esse o seu pior medo. Sabendo que o pai a abandonara, e depois dos péssimos padrastos que ela vira chegar e ir embora, Fiona tomara uma decisão anos atrás de jamais confiar inteiramente em homem algum. E Adrian sabia que, se as muralhas de Fiona não fossem derrubadas um dia, ela ia de fato acabar sozinha. Para a amiga, parecia uma sina razoável, mas não para ele. Ela aceitava seu destino, compreendia na verdade, e insistia em que era mais feliz sozinha.

— Não seja tola — advertiu-a Adrian ao sair. Jamal já tinha ido embora. — Faça algumas concessões desta vez, Fiona. Dê uma chance ao cara.

— Estou velha demais para fazer concessões — ela respondeu, talvez francamente, mas de qualquer modo, era o que acreditava.

— Então venda esta casa e vá morar com ele, ou comprem uma casa juntos. Mas não desista de um homem por uma casa com fachada de arenito, uma carreira e um cachorro.

— Pessoas desistiram de homens por coisas piores, Adrian — ela retrucou, solene. — Além disso, eu ainda nem tive um encontro a sério com ele. E talvez nunca tenha.

— Terá, sim — ele disse, tranqüilamente, preocupado com ela. — Garanto a você que terá. E esse é um bom homem.

Ele esperava que ela não perdesse o bonde desta vez. Sempre perdia. Sempre dava um jeito de perder. E Adrian só podia esperar, quando entrou num táxi e saiu a toda do bairro residencial, que desta vez o cachorro perdesse e o homem ganhasse. E, pelo que isso valia, ele apostava em John.

Capítulo 3

JOHN LIGOU PARA ELA NA MANHÃ SEGUINTE ao jantar, e agradeceu-lhe novamente por convidá-lo. Mas ela tinha apenas poucos minutos para falar ao telefone com ele. Estava ocupadíssima. Estava de partida para Hamptons naquela tarde, para ficar com amigos, e para Paris na semana seguinte. Disse que tinha um milhão de coisas a fazer, e quando ele a convidou para jantar, respondeu que não tinha tempo para vê-lo antes de partir, o que era uma relativa verdade. Poderia ter mudado alguns planos por ele, mas achou que não seria uma jogada esperta. Tentava fazer o possível para resistir à irresistível atração que estava sentindo por ele. Não desejava que as coisas fossem mais rápido do que lhe eram confortáveis, e continuava sem saber se queria sucumbir ao seu apelo. Os envolvimentos emocionais eram sempre perigosos, e ela desconfiava deles. Se alguma coisa ia acontecer, queria que fosse devagar, para dar-lhe tempo de pensar. Não tinha a menor pressa de precipitar-se em alguma coisa com ele, por mais atraente que ele fosse. E não podia negar que era muito atraente. Talvez até demais. Ela desconfiava de seus próprios sentimentos por ele. Eram tão poderosos e quase tão irresistíveis que a faziam querer fugir.

— Nesse caso, você não me deixa nenhuma opção — ele disse, sensatamente.

— Sobre o quê?

Ela parecia confusa. Ele exercia esse efeito nela, o que a fazia sentir-se fora do controle, e a assustava.

— Sobre ver você. Acho que vou aceitar sua oferta, de um ingresso para um dos desfiles de moda. Tenho encontros em Londres no dia primeiro, e poderia pegar um vôo para Paris no fim da tarde. Há algum desfile a que eu possa comparecer então? Mas só se não for um incômodo para você.

Não queria ser uma peste, mas queria vê-la de novo. E Paris o atraía muito. Ela se assustou com a proposta.

— Fala sério? — perguntou, aturdida.

— Sim. Como isso se encaixa nos seus planos?

— Na verdade, talvez seja divertido para você. — Ela tentava parecer mais com uma guia numa exposição de arte do que com uma mulher que ele perseguia, apenas por sua própria paz de espírito. Se pensasse nisso de outra maneira, sabia que ia ficar assustada demais. Era quase ameaçador. Sentia-se muito atraída por ele. Mas, por outro lado, ele parecia um homem incrivelmente agradável. Não tinha defeitos óbvios, falhas de caráter visíveis, nem má reputação, segundo o que ela sabia. Era um bom homem. E ela sabia bem demais como isso era raro. Portanto, pelo menos por enquanto não ia fugir assustada. Mas também não ia oferecer-lhe espaço no armário, como sugerira Adrian. Se ele falava sério sobre ir a Paris, podia apenas reservar-lhe um quarto de hotel no Ritz, onde ele teria muitos armários só para ele. — O desfile da casa Dior é na noite do dia primeiro, e é o mais teatral e espetacular. Acho que você vai gostar, embora as roupas não sejam fáceis para alguém usar. Mas Galliano faz o desfile em locações singulares, e as roupas são incríveis. Se você quiser, podemos ir ao desfile de Lacroix no dia seguinte, que é sempre lindo e quase como esculturas vivas. Vou arranjar um ingresso para os dois. E tem uma grande festa na noite de Dior. Gostaria de ir?

— Eu adoraria ir a qualquer coisa em que você queira. Não quero ser um intruso para você, Fiona. Sei que tem de trabalhar. Não quero atrapalhar, mas adoraria ir a qualquer um desses e a todos. Vou tirar alguns dias de folga até Quatro de Julho, e não preciso voltar correndo. Minhas duas meninas estão ocupadas este ano, assim eu posso ficar o tempo que você quiser. Ou partir no dia seguinte ao desfile da casa Dior, se preferir.

— Por que não deixamos rolar? Ver o quanto gosta, talvez você deteste. Mas a maior parte do tempo é muito divertido. E, se você nunca viu os desfiles de alta-costura, eles são um verdadeiro espetáculo, e as festas são fabulosas. Todo mundo é louco pela alta-costura. É como uma forma de arte na França. Até os motoristas de táxi comentam e falam dos eventos como se os tivessem assistido. Sentem muito orgulho de tudo isso em Paris. Acho que é fantástico você querer ir. Quer que eu reserve um quarto para você no hotel? Todos ficamos no Ritz. Talvez esteja lotado, mas posso dar um telefonema. Eles me conhecem muito bem.

— Isso seria maravilhoso, Fiona. Apenas me diga onde e quando devo aparecer.

Sentia-se feliz consigo mesmo, e ainda mais com ela. Era divertido sair dos limites de seu mundo conhecido, seguro. E entrar no muito mais exótico dela. Aquilo prometia ser uma verdadeira aventura para ele. E talvez até para ela também — embora ela parecesse vacilar entre ser afetuosa e impessoal com ele, o que era uma manifestação da ambivalência dela em relação a ele.

— Vou mandar minha secretária lhe enviar um itinerário.

Ela falou de um jeito que parecia serem apenas amigos, o que o preocupou. Fora muito mais receptiva na noite anterior, mas acordara receosa de que talvez tivesse parecido amistosa demais — sobretudo quando Adrian falava em dividir armários. Perguntava-se se não dera a John uma impressão errada no jantar. Não queria que ele achasse que ela o estava perseguindo, nem que estava disponível demais. Os dois precisavam de tempo para pensar no que fariam antes de fazê-lo, por mais tentador que fosse. Era uma razão a mais para agir cautelosamente, e ela tinha toda intenção de agir assim, sobretudo se ele ia a Paris. Mas ficou emocionada por ele haver decidido ir. Ia ser muito divertido tê-lo lá, e ela disse isso a ele que mal podia esperar. E uma hora depois ela ligou para dizer-lhe que ele tinha um quarto no hotel, perto do dela. Só haviam restado poucos, e ficara aliviada por haver conseguido um para ele. Sempre ficava na mesma suíte, no lado do hotel que dava para a rue Cambon. Não havia sobrado muitos quartos com vista para a Place Vendôme, e ela desconfiava que ele gostaria de um desses, mas teve de aceitar o que desse para conseguir, e o aceitou por ele.

— Um milhão de vezes obrigado, Fiona, vai ser maravilhoso.

Ele fez uma anotação para que sua secretária telefonasse para o hotel, desse os detalhes de seu cartão de crédito e providenciasse para que um carro o pegasse no Charles de Gaulle. Ficou ansioso de saber que faltava menos de uma semana. E Fiona sentia-se do mesmo modo ao dirigir-se para East Hampton no fim dessa tarde. Lamentava um pouco ter decidido não vê-lo antes de partir. Talvez fosse mais fácil do que tornar a vê-lo em Paris, pela primeira vez desde o jantar em sua casa. Parecia meio estranho que ainda não tivessem tido um encontro e ele fosse encontrar-se com ela em Paris, mas eles teriam muita coisa para fazer lá. Adrian também estaria presente. Ela podia mandá-los sair juntos, se Adrian estivesse livre e ela tivesse de trabalhar. Mas ia tentar passar o máximo de tempo livre que pudesse com John. Era uma excelente maneira de se conhecerem, e um lugar esplêndido para isso.

Ela quase teve um acidente pensando nele, no tráfego pesado da Sunrise Highway, e só chegou a East Hampton à noite. O tráfego estava horrendo, e Fiona ficou feliz ao ver os amigos. Foi um fim de semana calmo, relaxado, com uma das antigas editoras da revista, o marido e os filhos. E, quando ela chegou em casa na noite de domingo, John ligou.

— Como vai meu rival?

— Quem seria?

Ela parecia feliz e relaxada após uns dias na praia. E sentia-se mais à vontade em relação a ele, sobretudo não o tendo visto por todo o fim de semana.

— Sir Winston, claro. Você o levou para East Hampton?

— Ele odeia praia. É quente demais e ele não sabe nadar. Ele passou o fim de semana com Jamal, que acabou de trazê-lo. Sempre fica furioso comigo quando viajo. Vai para um acampamento de verão na semana que vem.

Nesse caso, era verdadeiramente uma vida de cão, uma que qualquer homem invejaria, e John quase invejava. Gostava em particular da idéia de ficar deitado ali, dormindo na cama dela, menos os roncos.

— Ele é um cara de sorte — disse John, enigmático, e os dois conversaram sobre os últimos detalhes da viagem a Paris, e que tipo de roupas ele devia levar.

Ela disse que nada planejado exigia traje a rigor, mas ele precisava de dois ternos escuros. A festa da Dior era em geral elegante. E talvez houvesse uma da Givenchy. A *Chic* sempre oferecia um coquetel, como a maioria dos estilistas. Valentino, Versace, Gaultier e Chanel sempre davam uma festa no apartamento de Coco Chanel, na rue Cambon. Não iam faltar-lhes diversão e vida social. E a festa que a *Chic* dava no Ritz era sempre divertida. Adrian ficava responsável pela organização e a lista de convidados. Sempre convidava as estrelas de cinema, cantores, designers, celebridades e socialites que podia. As pessoas imploravam para ir.

Ela fez uma anotação mental para no dia seguinte no pedir a Adrian que incluísse John na festa da *Chic*. Ele parecia sinceramente animado com a viagem. E, apesar de um ou outro conflito e preocupação dela com ele, ainda achava difícil resistir a John, e estava tão animada quanto ele. Ia ser divertido ter alguém com quem partilhar Paris. Alguém além de Adrian e dos outros editores. Ia ser agradável estar mais uma vez em companhia de um homem, por qualquer motivo, amizade ou qualquer outro, pelo tempo que durasse. E ao sair apressada para um encontro, pensando nisso, decidiu num momento desvairado dar uma chance justa a ele e jogar para o alto a cautela. Quem sabe ele valesse a pena. Que seria da vida sem excitação e romance?

Capítulo 4

O VÔO NOTURNO DO JFK PARA o Charles de Gaulle era sempre breve demais. Fiona trabalhou um pouco, jantou, recostou-se no assento reclinável sob a manta que a Air France oferecia na primeira classe, dormiu algumas horas — e logo estava aterrissando.

Chegou ao Ritz por volta das dez da manhã, e após uma chuveirada, uma troca de roupas e uma xícara de café, tinha um milhão de coisas a fazer. Ia reunir-se com os assessores de imprensa das casas de costura, em geral com o próprio estilista, e sempre tinha um vislumbre de alguns artigos seletos do desfile, o que era um sinal do profundo respeito deles por ela. Poucos editores, por mais importantes que fossem, tinham acesso aos santuários internos das casas de costura e aos ateliers antes dos desfiles. Fiona tinha. Após fazer a ronda pelas principais casas no primeiro dia, reuniu-se com Adrian e os assistentes dos dois naquela tarde. O *jet lag* nem tivera tempo de atingi-la àquela altura, e Adrian estava mergulhado até as orelhas nos arranjos de última hora para a festa que iam dar. Fiona já o avisara para incluir John na lista de convidados.

Ela e Adrian jantaram no Le Vaudeville à noite, um pequeno bistrô do qual os dois gostavam, perto da bolsa de valores, e onde tinham menos chance de encontrar pessoas do mundo da moda. Fora isso, gostavam do L'Avenue, mas ela não estava no clima para encontrar uma dúzia de outros editores, nem um milhão de modelos que freqüentavam esse restaurante e o Costes. Seu restaurante preferido, claro, sempre fora o Le Voltaire, na margem esquerda do Sena. Mas os dois estavam cansados na primeira noite, e se satisfizeram em dividir uma imensa travessa de ostras, uma salada, e voltar para o hotel. Sabiam que no dia seguinte todo mundo ia entrar em marcha acelerada e mover-se em velocidade total. O primeiro desfile seria naquela noite, e John chegaria de Londres no fim da tarde. Adrian já a provocara a respeito e ela desconversara. Tinham muitas outras coisas a falar. As roupas que veriam, para algumas das quais ela tivera uma pré-estréia naquele mesmo dia, eram da estação de inverno, e iam ser fabulosas se as amostras que vira servissem de alguma indicação. O vestido de casamento na casa Chanel estava além de qualquer imaginação, com uma pesada saia de veludo branco em forma de sino, bordada com arminho branco, e uma cauda de arminho combinando a deslizar atrás, e parecia ter flocos de neve que tremeluziam sobre o véu. Era mágico.

Quando deu boa-noite a Adrian, Fiona fechou a porta, despiu-se e deitou-se em menos de dez minutos. E não ouviu outro som até o telefonema de despertar no dia seguinte. Fazia um glorioso e ensolarado dia de verão em Paris, e a luz do sol entrava flutuando pelo quarto. Ela sempre dormia com as cortinas abertas em Paris, porque adorava a luz e o céu, à noite ou de dia. O brilho luminoso do céu noturno a fascinava, quase como uma grande pérola negra. Adorava deitar-se na cama e olhá-lo até adormecer.

O segundo dia de Fiona em Paris foi ainda mais movimentado que o dia anterior, e John já havia chegado quando ela voltou para o hotel no fim da tarde. Ligou para o quarto dela quase no mesmo instante em que ela cruzou a porta.

— Você deve ser médium — brincou. — Acabei de entrar.

— Eu sei — ele confessou. — O recepcionista me disse. Eu estava conversando com ele sobre reservas de restaurante. Onde gostaria de ir?

— Eu sempre adoro o Le Voltaire. — Era pequeno, chique e aconchegante, e quase todas as pessoas mais elegantes em Paris o freqüentavam, amontoadas em mesinhas ou espremidas nos dois reservados. Mal havia espaço para trinta pessoas, mas era onde todo mundo que era alguém queria ir. — De qualquer modo, vamos à festa da Dior esta noite, e acho que a casa Givenchy vai oferecer alguma coisa amanhã. Podemos ir ao coquetel de Versace antes ou depois. Talvez ir ao Le Voltaire depois de nossa festa, se você ainda estiver por aqui.

Ela não sabia ao certo quanto tempo ele ia ficar, nem quanta alta moda agüentaria. A maioria dos homens logo se fartava, alguns após um ou dois dias, e ele não parecia o tipo que se demoraria muito num mundo feminino. Ela nunca se saciava, e esse era seu trabalho. John era apenas um turista.

— Vou ficar aqui enquanto durar, se você quiser — ele anunciou, disposto a enfrentar qualquer parada, o que era uma novidade para ela. A princípio, haviam discutido um ou dois dias. — Não quero ser um incômodo, nem atrapalhar você. Não preciso voltar a Londres. Fechamos tudo hoje, e deixei tudo preparado em Nova York. Portanto, estou a sua disposição se você quiser, e, se não, simplesmente me mande embora e eu volto para casa.

Parecia mais filosófico do que se sentia. Percebera o conflito e a ambivalência dela sobre o prosseguimento da atração que sentiam um pelo outro e não queria assustá-la.

— Por que a gente não vê como você vai se sentir após provar um gostinho disso? — ela sugeriu vagamente. — Talvez se farte de alta costura até a morte em um ou dois dias.

Ele sabia que ia ser necessário muito mais tempo para se fartar dela, pelo menos assim esperava, mas não disse nada.

— Então quais são seus planos? Quando quer que eu apareça?

— O desfile da Dior é às sete, segundo o convite. Se tivermos sorte, começará às nove. A Dior é sempre um zoológico. Nunca começa no horário; o pessoal sempre se atrasa. Hão de estar prendendo contas e fazendo bainhas às sete, mas é o melhor desfile. E se apresentam em lugares loucos que anunciam na última hora. A gente só descobriu agora que vai ser na estação de trem, que não é muito longe daqui. Se sairmos às sete e meia, está ótimo. Não quero ficar lá sentada esperando durante duas horas. E se por algum milagre começarem antes que de hábito, ainda teremos tempo de sobra.

— Terno e gravata, imagino?

Ele não tinha nenhum ponto de referência, e ela riu da pergunta.

— Pode ir nu, se quiser. Na Dior, ninguém vai notar.

— Não tenho certeza se isso é tranqüilizador ou insultante.

Ele esperava pelo menos um sinal, mas ela não lhe dera ainda indicação alguma de que estivesse atrás de, ou que até aceitaria, uma ligação romântica com ele, sobretudo física. Sentira a atração magnética entre os dois desde o início, mas às vezes ela era muito fria. E, apesar do ambiente romântico na mais bela cidade do mundo, ali Fiona parecia ser toda profissional. Mas era por isso, afinal, que ela estava ali, e ele entendia isso. Perguntava-se se iam ter algum tempo a sós antes de ele partir. Tivessem ou não, sabia que ia adorar estar com ela, e parecia-lhe divertido mergulhar num mundo que era tão diferente do dele. Uma rara regalia para ele, e estava entusiasmado por partilhá-la com ela. Desconfiava que isso lhe daria uma imensa percepção dela e do mundo que ela comia, bebia e respirava. A moda era a própria fibra do seu ser.

— Eu me encontro com você lá embaixo às 19h15 — ela disse, sucintamente. Tinha telefonemas a dar e coisas a fazer antes de encontrar-se com ele, e então a voz se suavizou e ela pareceu mais humana. — Obrigada por vir, John — disse, delicada. — Espero que se divirta aqui. E, se for demais para você, simplesmente volte para o hotel e vá nadar na piscina.

— Não se preocupe comigo; aguardo ansiosamente, Fiona.

— Ótimo. Te vejo lá embaixo.

Ela desligou rápido, e previsivelmente eram 19h30 quando ele a viu atravessar esbaforida o saguão. Um milhão de pessoas aglomerava-se ali, ou assim parecia, os habituais turistas de verão que se hospedavam no Ritz e vinham de toda parte, e os que haviam chegado para os desfiles da alta-costura. Modelos, fotógrafos, editores, repórteres, clientes da alta-costura exibindo suas preciosidades dos últimos desfiles em janeiro. Européias, americanas e asiáticas com os maridos a reboque, e um bando de curiosos encarando-os. Diante do hotel, fãs e *paparazzi* esperavam fotografar qualquer celebridade. De acordo com rumores na multidão, Madonna passara momentos antes. Como a maioria das outras estrelas hospedadas no hotel, ia ao desfile da Dior. Momentos depois, Fiona e John entraram no carro com motorista que ela contratara para a estada e arrancaram em direção ao desfile. Adrian e os dois assistentes seguiam em outro carro. Seus fotógrafos já se achavam na estação de trem, a postos fazia horas. As fotos que conseguissem seriam todas importantes. Os desfiles da alta-costura em Paris eram a Copa do Mundo da Moda.

Fiona olhou-o e sorriu.

— Ainda não acredito que esteja indo ao desfile comigo. Você tem um baita espírito aventureiro, John.

— Apenas ignorante, imagino. Não tenho a menor idéia do que me espera. — Mas já estava se divertindo. Adorava a atmosfera e a sensação subjacente de tensão e ansiedade. — Como vão fazer isso numa estação de trem?

Rumaram para a Gare d'Austerlitz.

— Só Deus sabe. Veremos. Se a gente se perder depois do desfile, procure o carro aqui fora, ou se encontre comigo no hotel.

Previa o mal controlado caos, o que já era esperado em praticamente todos os desfiles.

— Quer prender meu endereço na camisa? Minha mãe fez isso quando fomos à Disney. Ela não confiava na minha capacidade de lembrar meu próprio nome. E tinha razão, claro. Eu me perdi assim que chegamos lá.

— Basta não esquecer o meu — ela respondeu, com um sorriso pesaroso, quando saltaram do carro, e abriram caminho a custo pela multidão.

Os ingressos VIP eram grandes convites de papelão prateados, fáceis de identificar, mas apesar disso foram necessários quase 20 minutos para atravessarem a multidão. Passava das oito quando entraram e foram levados a cadeiras de diretor instaladas na plataforma. As cadeiras pareciam estender-se até onde a vista alcançava. E o tema era, como já sabia Fiona, a selva africana.

Eram oito e meia quando o desfile finalmente começou. Toda a estação onde se sentavam ficou escura, e um trem antigo aproximou-se devagar, quando o que parecia um milhão de tambores começou a bater nos pulsantes ritmos da selva, e uma centena de homens vestidos de guerreiros Masai surgiu do nada e ficou olhando-os com ar feroz. Quando as luzes tornaram a acender-se, foi incrível, e John assistia a tudo fascinado. Já avistara Catherine Deneuve, Madonna e seu séqüito, e a rainha da Jordânia, sentadas nas proximidades. Formavam um grupo impressionante, e ele alternava entre olhar o que acontecia e observar Fiona. Sentada em silêncio e imóvel, ela se concentrava no que aparecia, e em instantes começou, quando a música ficou mais alta, e três homens com dois tigres e um leopardo caminharam lentamente pela multidão. Ao vê-los, ela sorriu.

— Isso — disse, olhando para ele — é puro Dior.

A única coisa que faltava era um elefante, e momentos depois chegou um com dois puxadores e uma imensa sela coberta de falsos brilhantes. John não pôde deixar de pensar se os animais corriam riscos de entrar em pânico na multidão. Mas ninguém parecia se importar. Todos esperavam com a respiração suspensa as roupas que vieram em seguida.

Cada modelo vinha precedida e seguida por um guerreiro Masai, em trajes originais, com lanças e cicatrizes, completamente pintados. Cada modelo era primorosa, quando uma após a outra saltou do trem. As roupas eram cobertas de contas, coloridas, exóticas, com longas e majestosas saias de tafetá pintado, ou leggings de renda bordadas de contas, extraordinários bustiês também intricadamente cobertos de contas, ou algumas desciam de seios nus, que John tentava não olhar. Na verdade, uma delas se encaminhou direto até ele, vestindo um imenso casacão bordado, e lentamente o abriu, revelando o corpo impecável, usando apenas um tapa-sexo, sob o divertido olhar de Fiona. As modelos adoravam brincar com a platéia. John lutou bravamente para parecer calmo e não se torcer na cadeira quando a modelo se afastou. Foi um momento inesquecível. E o tempo todo Fiona continuou vendo passar a fila de moças com uma expressão inescrutável, o que fazia parte da sua mística. Tinha o semblante de uma jogadora de pôquer, o que não deixava ninguém adivinhar se aprovava ou não as roupas. Informaria ao mundo o que achava quando estivesse pronta, não antes. E John não perguntava. Adorava observá-la, a ela e aos acontecimentos.

Os vestidos de noite que fecharam o desfile eram igualmente fabulosos e sem iguais. Ele não podia imaginar nenhuma das mulheres que conhecia usando aquelas criações na abertura de uma exposição no Metropolitan, nem em qualquer dos eventos que costumava freqüentar, mas gostava de vê-las e perceber todo o drama e o espetáculo que cercavam as modelos. Quando surgiu a noiva, usava uma imensa versão exagerada de um penteado Masai, uma saia de tafetá pintado tão enorme que mal conseguia sair do trem, e um peitoral de ouro todo incrustado de diamantes. Assim que a modelo desceu, John Galliano surgiu num elefante branco, usando uma tanga e um peitoral idêntico. Meia dúzia dos guerreiros pintados ergueu a noiva, sentando-a atrás dele no elefante, e os dois acenaram e foram levados embora. Os tigres e o leopardo já haviam sido retirados a essa altura, o que pareceu adequado a John, pois a multidão em volta ficara inteiramente frenética, gritando, ovacionando, berrando e aplaudindo, enquanto o resto das modelos passava desfilando e o som dos tambores se tornava ensurdecedoramente mais alto. Momentos depois, os guerreiros e as modelos entraram no trem e foram levados da estação. Criou-se um pandemônio na plataforma, e Fiona virou-se afinal para olhar John.

— E então?

Parecia divertida e via que ele estava aturdido. Ele ficara hipnotizado com o desfile. Era material pesado para um novato, ou até para alguém acostumado aos desfiles de alta-costura. Mas nesse domínio, pelo menos, ele era virgem. Era uma grande maneira de começar.

— Apenas mais um dia comum para você, imagino. — Ele lhe sorriu. Adorara. — Mas foi um impacto para mim. Absolutamente surpreendente. Tudo. As roupas, as mulheres, os guerreiros, a música, os animais. Eu não sabia para onde olhar primeiro. — De uma maneira distante, muito menos glamourosa, lembrava-lhe a primeira vez que fora a um circo de três picadeiros. Aquilo não era a Disney, mas o nirvana. — É sempre assim?

— Na Dior, é. Parecem se superar todas as vezes. As antigas casas nunca fizeram nada parecido antes. Os desfiles eram elegantes e sóbrios. Mas a Dior tem sido assim desde Galliano. Tem mais a ver com teatro do que com moda. É mais uma campanha publicitária do que uma séria intenção de vestir as mulheres. Mas funciona para elas, e a imprensa adora.

— Alguém veste as roupas?

Ele não podia imaginar isso, embora uma cerimônia de casamento com a noiva de Galliano usando o peitoral de ouro e diamante sem dúvida teria sido interessante.

— Não muita gente. E fazem um monte de mudanças e ajustes. De qualquer modo, apenas umas trinta ou quarenta mulheres no mundo vestem criações de alta-costura, e por isso tantas casas estão fechando as portas. O trabalho artesanal é tão intenso, o custo dos materiais e mão-de-obra tão alto, que todos perdem dinheiro. Por isso é que em alguns casos eles agora só fazem pela publicidade, e não ganham dinheiro. Mas, em alguns sentidos, tem um impacto no prêt-à-porter, e vale a pena cobrir desse ponto de vista. Porque mais cedo ou mais tarde veremos algumas mutações de tudo isso em mulheres reais que compram roupas na Barney's.

— Eu mal posso esperar — disse John, e ela riu. — Adoraria ver no meu escritório.

— Talvez veja em algum momento, numa versão esmaecida. Mais cedo ou mais tarde chega lá, num fórum e numa interpretação tolerável para as massas. Isso é onde começa, em sua forma mais pura.

Era uma maneira de ver, e ele sabia que ela era uma profunda conhecedora do ofício. Sentia ainda mais respeito, e estava ainda mais fascinado por ela, após vê-la em Paris. E ela obviamente gostava da companhia dele.

Quando a multidão começou a desfazer-se, eles seguiram para as saídas. Iam voltar ao hotel para um drinque e terminariam numa piscina pública para a festa oferecida pela Dior. Mas Fiona disse que não tinha sentido ir antes da meia-noite. Já eram dez horas quando saíram da estação. E às dez e meia chegaram ao hotel e se instalaram em uma mesa de canto no bar, para drinques e aperitivos. Ele estava faminto, mas ela disse que não tinha fome. Adrian parou para falar com eles por alguns minutos. Disse que achara o desfile fabuloso, e de cinco em cinco minutos alguém mais aparecia para cumprimentar Fiona. Era mais que óbvio que naquele domínio ela era uma rainha.

— Você costuma tirar uma folga disso tudo? — ele perguntou, interessado.

— Aqui, não — ela respondeu, tomando uma taça de vinho branco.

Ele pedira um martíni, e não reclamou por ser mais vermute que gim. Não se importava. Estava se divertindo muito com ela para se importar com o que bebia. E era fácil ver como ela adorava tudo aquilo, não apenas a atenção que recebia, mas a atmosfera. Parecia totalmente em seu ambiente, rodeada por seus súditos e escravos. Todo mundo queria saber o que ela achara das roupas, e ela se dispôs, afinal, a admitir que gostara da maior parte.

— Do que foi que você gostou nelas? — ele perguntou, intrigado.

— O trabalho artesanal, o detalhe, a imaginação, a cor, o clima. As saias pintadas são fabulosas, verdadeiras obras de arte. Ele é realmente um gênio. Você sabe, na alta-costura, cada ponto em qualquer peça piloto precisa ser costurado à mão. Não há um único ponto à máquina em toda a coleção — ela explicou.

Tudo era um mistério para John. Quase tão distante quanto se podia chegar do mundo do vestidinho preto básico de noite que ele entendia. Era o mundo de Fiona, não o dele. E a admirava por isso.

— Você gosta de roupas? — ela perguntou, enquanto mastigavam nozes e pequenos aperitivos, enquanto pessoas de aparência exótica continuavam a interrompê-los.

Todas prestavam homenagem a Fiona, e algumas pareciam curiosas sobre John quando ela o apresentava. Mas a maioria o ignorava. Era com Fiona que queriam falar, e aproximavam-se em grupos.

— Eu gosto de mulheres bem-vestidas. Isso é um pouco demais para mim, mas sem dúvida é divertido de ver. E muito diferente. — Ela assentiu com a cabeça, enquanto outra pessoa parava na mesa deles. — Você não consegue muita paz aqui.

De fato, não conseguia nenhuma. Mas ela não fora a Paris em busca de paz.

— Não espero ter — respondeu calmamente. A verdade é que não tinha muita paz em lugar algum, e não se incomodava. Era isso o que preenchia sua vida, em vez de marido e filhos. Os únicos constantes em sua vida eram o trabalho, Adrian e Sir Winston. O resto não passava de cenários e atores que subiam e desciam do palco. Ela adorava os visuais e o drama. — Acho que paz demais me deixa nervosa. Sinto falta do barulho.

— E quando você está de férias? — ele perguntou com interesse.

Era difícil imaginá-la não fazendo nada, ou sozinha.

Parecia tão integrada ao caos em que vivia, que ele não conseguia imaginá-la longe disso, e tampouco ela. Desconfiava que a longo prazo, ou em tempo integral, isso o deixaria louco, mas por enquanto estava totalmente fascinado.

— Fico ansiosa na primeira semana — ela respondeu com franqueza. — E entediada na segunda.

Os dois riram do que ela dissera.

— E na terceira?

— Volto ao trabalho.

— Foi o que imaginei. Então, nem pensar em um mês de folga numa ilha deserta. Isso é péssimo.

— Passei um mês no Taiti uma vez, depois que adoeci, e meu médico insistiu em que eu fosse para um lugar de clima quente e descansasse. Quase pirei. Passo minhas férias em Paris, Londres e Nova York.

— E em Saint-Tropez — ele acrescentou, e ela sorriu.

— Lá não é muito diferente daqui, só que com água e biquínis. Não é realmente paz. Mas é muito divertido. — John admitiu que deveria ser, sobretudo com ela. Ela era uma ave rara, exótica, de plumagem tão brilhante e colorida bem semelhante ao que ele acabara de ver no desfile da Dior: não tinha em si nada de pequeno, pardo e contido. Absolutamente nada. Mas ele gostava dela assim. E muito. — Está pronto para outra rodada de Dior? — ela perguntou com um olhar travesso.

— Mais tigres, elefantes e guerreiros?

Embora fossem intrigantes, para ele já tinha sido suficiente por um dia.

— Não, é um tema aquático — explicou-lhe Fiona, porém mais uma vez, quando chegaram, John ficou inteiramente pasmo com o que haviam feito numa piscina comum.

Uma pista de dança de acrílico fora instalada sobre a piscina, com imensos peixes exóticos nadando embaixo, e moças pintadas para parecerem peixes em brilhantes matizes, com faixas douradas, desfilavam por entre a multidão sem nada além da pintura no corpo. Homens em minúsculas sungas douradas e corpos incríveis serviam comidas e drinques. A música techno era ensurdecedora, e as pessoas dançavam e se contorciam na pista de acrílico. Toda a festa fora decorada para dar a impressão de que se estava debaixo d'água. Serviam sushi e exóticos frutos do mar, e todas as supermodelos que se encontravam em Paris estavam presentes, junto com estrelas e astros do cinema, fotógrafos, socialites, a aristocracia e a realeza, pessoas refinadas e a elite do mundo da moda. Mais uma vez, todo mundo conhecia Fiona e a cumprimentava. Foi uma noite incrível, mas John ficou grato quando partiram em menos de uma hora. Fiona cumprira seu dever e estava satisfeita por ir embora, quando os dois se recostaram no assento da limusine, aliviados por terem escapado do barulho.

— Meu Deus, uma cena e tanto — ele disse, incapaz de encontrar palavras para comentar a festa.

Começava a sentir-se como Alice no País das Maravilhas, ou como se houvesse tomado uma overdose de LSD no almoço. Não conseguia imaginar passar uma semana naquilo duas vezes por ano, mas ela parecia estar à vontade e continuar imperturbada pelo frenesi e pelo tumulto. Sorria tranqüila para ele quando voltavam para o Ritz sob o céu noturno de Paris, incrivelmente belo.

— As outras festas desta semana não vão ser tão exóticas como essa. A casa Dior extrapola. — Ela sabia que eles haviam gasto 3 milhões de dólares na festa da qual haviam acabado de sair, e muito mais no desfile que haviam assistido naquela noite. As outras casas eram mais circunspetas, não só no orçamento quanto nos temas. Fora uma apresentação e tanto para ele, e quando se aproximavam da Place Vendôme, Fiona pediu ao motorista que parasse e virou-se para John. — Quer dar uma volta a pé ou está cansado demais?

Gostava de caminhar por Paris antes de ir para o hotel dormir, mas fora um longo dia para os dois, e estava sentindo os efeitos do *jet lag* finalmente.

— Eu gostaria — ele disse tranqüilamente. Ela dispensou o carro, e os dois foram passeando devagar pela rue Castiglione até a Place Vendôme. De repente, pareciam pessoas reais num mundo real, na mais bela cidade do planeta, e ele ficou grato pelo exercício e o ar. Parecia recuperar um pouco de normalidade para a noite, após todas as coisas exóticas por que haviam passado e visto. — Eu estava começando a me sentir como se estivesse sob o efeito de drogas — confessou, ao chegarem à praça e pararem para ver as vitrines.

Sentia-se quase normal, apenas cansado.

— Já se fartou? — perguntou Fiona, curiosa para saber o quanto ele tolerava o meio em que ela vivia.

— Ainda não. Estou fascinado, embora hoje seja difícil de superar. Acho que vou ficar decepcionado se os outros desfiles forem inferiores ao que vi hoje.

— Inferiores, não, apenas mais contidos. Talvez goste mais deles. Não são tão sobrecarregados em termos sensoriais quanto os da casa Dior. Esse é o ofício deles.

— E os seus? — ele perguntou, quando ela deu o braço a ele e seguiram em frente.

— Talvez. Gosto do belo e do exótico, das pessoas interessantes com talento e espírito criativo. Acho que fiquei mal acostumada. Às vezes não sei mais o que é normal. Tudo isso é normal para mim. Esqueço às vezes que outras pessoas levam vidas mais simples.

— Vai ficar muito entediada se algum dia largar tudo isso, Fiona. Ou talvez lhe proporcione alguma coisa emocionante para escrever.

Mas mesmo conhecendo-a, por tão pouco tempo, não podia imaginá-la fazendo alguma coisa senão o que fazia, com um rebanho de subalternos girando em torno. Era uma atmosfera empolgante a que respirava, e no meio de tudo isso ela era a abelha-rainha, tão poderosa quanto qualquer rainha. Imaginava que devia ser difícil Fiona aliar-se a algum homem — e ele estava certo de que ela tinha consciência disso. Poucos homens se disporiam a ficar nas margens de seu mundo. E menos ainda conseguiriam ou desejariam participar. Para a maioria dos homens, a vida dela era como viajar num foguete pelo espaço sideral. E ele também se sentia assim. Mas gostava da companhia dela, era uma oportunidade rara. Não uma oportunidade que ele toleraria facilmente dia após dia. A vida dele parecia semimorta e incrivelmente mundana comparada com a dela, embora ele dirigisse uma das maiores agências de publicidade do mundo. Mas mesmo esse mundo parecia manso comparado com o dela. Não conseguia nem começar a imaginar como seria ser casado com ela. E se perguntava agora se era por isso que ela nunca se casara, e não pôde evitar a pergunta quando se aproximaram do Ritz. E quis saber se a vida de solteira era divertida demais para ser abandonada, e a de casada, tediosa demais. Não imaginava ninguém com um marido ou mulher que permanecesse naquele mundo por muito tempo.

— Não exatamente — ela respondeu, pensativa. — Simplesmente nunca senti necessidade de me casar, nem quis. Parece tão doloroso quando não dá certo. Eu nunca quis correr esse risco. É meio como pular de um prédio em chamas. Se a gente tem sorte, talvez caia na rede aberta bem embaixo, mas, pelo que vejo, tem muito mais chance de cair no cimento.

Olhou-o com olhos francos arregalados, e ele riu, e entraram devagar no Ritz. Havia guardas com cachorros do lado de fora. E os *paparazzi* continuavam de vigia, à espera das celebridades.

— Imagino que essa seja uma forma de ver a questão. É maravilhoso quando dá certo. Adorei ser casado. Mas você tem de escolher a pessoa certa, e talvez contar com muita sorte.

Os dois pensaram na falecida mulher dele quando ele disse isso, embora Fiona não quisesse tocar no assunto.

— Eu jamais gostei de jogar — ela disse francamente. — Prefiro gastar meu dinheiro em coisas que gosto a me arriscar a perder tudo. E nunca conheci ninguém que fosse realmente capaz de tolerar fazer parte da minha vida para sempre. Viajo à beça, sou ocupada demais, vivo com um monte de pessoas doidas à minha volta. Meu cachorro ronca. E eu gosto de tudo assim como é.

De algum modo, John achava difícil acreditar nisso. Para ele, mais cedo ou mais tarde, todo mundo percebe que não quer ficar sozinho. Mas, tinha de admitir, ela parecia imensamente satisfeita com a vida que levava.

— E o que acontecerá quando você envelhecer?

— Eu cuido disso. Sempre achei que era um motivo particularmente idiota para alguém se casar. Por que passar trinta anos com alguém que faz a gente se sentir desconfortável só para não ficar sozinha quando envelhecer? E se eu tiver Alzheimer e nem me lembrar mais dele? Imagine o tempo que teria desperdiçado me sentindo miserável, só para não ficar infeliz quando envelhecer. É como uma apólice, não uma união de mentes e almas. Além disso, eu poderia morrer num desastre de avião na semana que vem, e faria alguém terrivelmente infeliz se alguma coisa assim acontecesse. Do meu jeito, o único que ficaria mal seria meu cachorro.

John achou uma estranha maneira de ver as coisas, mas ela parecia à vontade.

Era a antítese da maneira como ele vivera, com um longo casamento, uma mulher que amava e duas filhas. E, embora houvesse ficado devastado quando Ann morreu, achava que os anos que haviam compartilhado tinham valido muito a pena. Quando se fosse, queria ser pranteado por mais que apenas um cachorro.

Mas Fiona, não. Ela era muito clara a esse respeito. Testemunhara o sofrimento da mãe cada vez que um homem saíra de sua vida e o seu próprio quando seus dois longos relacionamentos terminaram. Podia apenas imaginar que o casamento e a perda de um cônjuge seriam muito piores, talvez até insuportáveis. Era mais fácil, pelo menos em sua opinião, não ter um para começar. Assim preenchia sua vida com outras coisas, passatempos, atividades, projetos e pessoas.

— Além disso — continuou pensativa — não gosto de me sentir estorvada. Talvez goste simplesmente de minha liberdade. — Deu um sorriso travesso, encolhendo os ombros, mas sem se desculpar. — Gosto de minha vida assim como é.

Apesar de ter idéias bem diferentes, ele concordou. Ela parecia perfeitamente satisfeita com seu estilo de vida, e não fazia mistério algum sobre isso.

De volta ao Ritz, passaram pelas vitrines cheias de jóias e roupas caras, e ele a levou até o elevador do lado da rue Cambon. Os quartos deles ficavam no terceiro andar, um logo adiante do outro no corredor. Ele parou diante da porta dela e a esperou procurar o grande cartão de plástico azul na bolsa. O hotel colocava a chave num pesado aro de metal, e ela sempre retirava o cartão e deixava o aro na mesa de cabeceira. Era pesado demais para andar com ele na bolsa. John esperou educadamente que ela o encontrasse, o introduzisse na fechadura eletrônica e a porta se abrisse. Fiona virou-se então para agradecer mais uma vez ele ter vindo a Paris com ela. Fora divertido partilhar a noite da Dior com ele, do início ao fim. Ou melhor, da estação de trem à piscina.

— Você tem tempo para o café-da-manhã, ou vai estar muito ocupada? — ele perguntou. Ela observou que ele parecia tão impecavelmente arrumado quanto no início da noite. E já eram duas da manhã. Fora uma longa, mas ótima noite. E ele suportara bem. Além de flexível, ele era fácil de relacionar-se e uma divertida companhia, tinha uma bela aparência viril que não escapara a ela, mas ainda não estava pronta para corresponder a ele. Ou pelo menos tomava o cuidado de não deixar que isso acontecesse.

— Tenho alguns telefonemas a dar quando acordar, e em algum momento do dia vou me encontrar com o nosso fotógrafo para examinar as páginas de prova do desfile da Dior. Mas ele só vai recebê-las no fim da tarde. E nós dois temos de estar no desfile da Lacroix às onze. Devemos sair daqui às dez e meia... Quero me vestir por volta das nove... Posso tomar café-da-manhã com você às oito e meia.

Ela falou como se estivesse organizando uma reunião de trabalho, e ele sorriu.

— Acho que está bom para mim. — Ele também tinha uns telefonemas profissionais a dar, mas pretendia fazê-lo à tarde, por causa da diferença de fuso horário com Nova York. — De que é que você gosta no café? Vou pedir para nós dois, se não se incomodar.

Ela era tão independente que ele não queria interferir, ou fazê-la sentir-se fora do controle. Tinha o pressentimento de que não seria um bom passo.

— Toranja e café — ela respondeu, sem cerimônia, com um pequeno bocejo.

Ela estava ficando sonolenta, e ele gostou da aparência dela assim. Parecia de algum modo mais suave e menor, não tão eficiente e assustadora, nem tanto no controle.

— Não tem uma idéia melhor? Você não pode correr por aí até a hora do almoço só com meia toranja e uma xícara de café.

Vai desabar, Fiona. Que tal uma omelete? — Ela pareceu hesitante por um momento, e depois concordou. — Com que recheio?

— Cogumelos — ela respondeu, sorrindo-lhe, e ele ficou satisfeito.

— Parece ótimo para mim também. Vou pedir para as oito e meia. No meu quarto ou no seu?

Mas ele já adivinhara antes de ela responder. Começava a conhecê-la.

— No meu, claro. Alguém talvez precise falar comigo. Estou trabalhando.

— Não tem problema. Até de manhã, Fiona. Eu tive uma noite maravilhosa, obrigado por me convidar. Foi decididamente uma noite que não esquecerei, embora ache que ninguém acreditaria em mim se a descrevesse. Acho que o que mais gostei foi dos guerreiros Masai.

— É natural. — Ela sorriu. — Coisa de menino.

— Do que você mais gostou? — ele perguntou, interessado.

Ela teve uma irresistível vontade de responder “de estar com você”, mas não o fez, e ficou chocada consigo mesma por esse pensamento ter até mesmo passado pela cabeça dela.

— O vestido de noiva, talvez, ou as saias pintadas.

Ia escrever sobre essas criações na revista, e esperava que as fotografias saíssem boas.

— Também achei os tigres e o leopardo incríveis — ele acrescentou, parecendo juvenil.

Mal podia esperar para contar às filhas o que vira. Elas sabiam que ele tinha ido a Paris, mas não por que nem com quem. Sempre avisava a elas onde estava, sobretudo agora que Ann se fora.

— Eu devia ter levado você ao museu de história natural ou ao zoológico, em vez de ao desfile da Dior — ela provocou, e os dois riram, pela irreverência e a falta de fascinação por moda da parte dele, mas sabia que ele se divertira, e era o que importava.

Demoraram-se por um momento, mais sentindo um ao outro do que dizendo alguma coisa, e depois ele a beijou delicadamente na testa e seguiu para seu quarto com um adeusinho.

Fiona sentia-se assombrada por ele quando entrou em seu próprio quarto. Era muito atraente, responsável, normal, sensível e tão inegavelmente viril. Por um louco momento, teve vontade de atravessar o corredor atrás dele, mas não sabia o que fazer depois, se lá fosse. Tentava manter a mente clara, apesar de sua proximidade, mas de repente parecia mais difícil fazê-lo. Sentia-se irresistivelmente atraída por ele. Mas por sorte ele já fechara a porta do quarto dele àquela altura, e ela se parabenizou em silêncio por seu autocontrole. De nada serviria envolver-se com ele, disse a si mesma. Tomara essa decisão no decorrer da noite. Ele era maravilhoso, e ela se sentia fisicamente atraída, mas era sensata o suficiente para saber que os dois eram diferentes demais. Não era mais uma menina, afinal, e alguns presentes, por mais atraentes que fossem, o melhor era não ser desembrulhados e permanecer fechados. Tudo que tinha a fazer agora era chegar ao fim dos próximos dias de desfiles sem perder o controle. Estava decidida a fazer exatamente isso e não sucumbir ao encanto dele. Não importava o quanto fosse difícil. Quando se tratava de autocontrole, ela era uma profissional.

Capítulo 5

JOHN ANDERSON BATEU NA PORTA de Fiona na manhã seguinte, com o garçom do serviço de copa parado bem atrás. Quando ela abriu, parecia completamente acordada, com um roupão de toalha aveludada do Ritz e chinelos combinando. Tinha escovado os dentes, penteado os cabelos, e disse a ele que estivera no telefone desde as sete horas da manhã. Ela e Adrian haviam conversado sobre o desfile da Dior na noite anterior e chegado a um acordo sobre as peças mais importantes. Os dois iam ao desfile da casa Lacroix naquela manhã. Adrian estivera nos ateliers na véspera e ficara extremamente entusiasmado com o que lhe haviam mostrado. Quando John chegou para o café-da-manhã, ela já tinha a cabeça nos negócios e na moda.

— Dormiu bem? — ele perguntou, solícito.

Usava uma calça larga cinza e uma camisa azul com o colarinho aberto. Calçava mocassins pretos da Gucci impecavelmente engraxados. Quando o viu, mais uma vez ela teve consciência de como o achava atraente e sensual.

— Sim, obrigada. — Sorriu, enquanto o garçom arrumava o café-da-manhã na mesa e colocava duas cadeiras confortáveis para eles. Com um jornal em cada lugar e um pequeno jarro de rosas vermelhas, era o perfeito desjejum. — Eu sempre durmo bem. Embora eu deva admitir que, depois de algum tempo aqui, eu sinta falta do ruído do ronco de Sir Winston. Lembra um pouco o mar — ela disse, quando os dois se sentaram e deram uma olhada nos jornais.

Tinham dois exemplares do *Herald Tribune*. E por um momento ficaram ali sentados em silêncio, comendo, absortos em seus próprios pensamentos e contemplando a manhã.

— Então, que vou ver hoje? Mais leopardos e tigres, ou alguma coisa mais domesticada?

— Hoje vai ver arte viva. — Ela sorriu. — Poesia em movimento. Escultura viva. As roupas de Lacroix são como pinturas usadas por mulheres, com diferentes elementos integrados, tecidos desassociados e cores vibrantes. Acho que você vai adorar.

— Alguma coisa como ontem? — ele perguntou interessado, recostando-se na cadeira e encarando-a.

Gostava do jeito de Fiona pela manhã, com os cabelos caindo em cascata abaixo dos ombros. Ela parecia mais jovem. E ela achou que ele tinha a aparência limpa, recém-barbeado e bem-arrumado, de um homem distinto, e mesmo do outro lado da mesa notou que o cheiro dele era delicioso.

— Completamente diferente — ela respondeu. — Esse desfile é calmo, diferente, surpreendente e bastante elegante. Galliano é um ator, homem de espetáculo, e cria teatro, e Lacroix é um gênio e cria arte.

— Gostei da sua descrição — disse John, virando para a página financeira do jornal e olhando a listas de ações. Convencido de que tudo ia bem, voltou sua atenção para ela. — Você tem me ensinado muito.

Não sabia ao certo o que tinha a ver com aquilo, mas apreciava partilhar a experiência com ela. Era divertido vê-la em seu mundo e passar a conhecê-la melhor.

Fiona comeu toda a omelete que ele pedira, a metade da toranja que queria e, depois reconsiderando, também um *pain au chocolat* e tomou duas xícaras de café.

— Não posso mais ver você, John — disse, largando a xícara, e ele a olhou do outro lado da mesa, assustado.

— Essa foi uma surpresa. — De repente, ele se perguntava se havia mais alguém na vida dela, o que explicaria a distância que ela mantinha de vez em quando. Achara que era autoproteção, e agora imaginava se isso na verdade não se deveria a outro romance. Detestava admitir, mas ficara decepcionado. — Como você concluiu isso?

— O café-da-manhã. Se eu continuar saindo mais com você, vou ficar do tamanho dessa mesa. Você é muito engordativo. Eu como demais quando estou com você.

Ele a olhou espantado e aliviado, e logo deu um grande sorriso. Depois ficou sem graça, quando respondeu:

— Achei que tinha falado sério. Por um minuto, você me deixou receoso. — Sentiu-se vulnerável ao dizer isso.

— E falei mesmo. Não posso me dar o luxo de engordar. Ia parecer uma idiota, quer dizer, até onde é chique a editora da mais importante revista de moda do mundo pesando cem quilos? Iam me expulsar da indústria, e tudo por sua culpa.

— Certo, nesse caso pare de comer. Não vou nunca mais lhe dar de comer, e se a vir tocar no almoço hoje vamos chamar o médico e pedir que grampeie seu estômago. Pessoalmente, acho que você devia ganhar um pouco de peso, mas quem sou eu para pedir que arrisque seu emprego por uma omelete?

— Não foi a omelete, mas o *pain au chocolat* que veio junto com o desjejum. Sou viciada neles.

Sorria ao dizer isso, e só de olhá-la ele sentiu um puxão no coração.

— A gente põe você no Vigilantes do Peso quando voltar para casa. Mas continuo achando que precisa de um bom café-da-manhã.

A verdade era que ela estava curtindo cada momento da refeição na companhia dele. Era uma boa companhia, até de manhã, e em geral ela não gostava de falar com ninguém antes de chegar ao escritório, nem com Sir Winston. Mas com ele era diferente. Estavam em Paris, e havia uma aura de bem-estar, felicidade e romance por toda parte em volta deles. Em particular, no Ritz. Era um dos seus hotéis preferidos no mundo. De praxe, quando ele vinha à cidade, hospedava-se no Crillon. Mas desta vez sentia-se feliz por estar no Ritz, com ela.

— Tenho de me vestir — ela disse, sem cerimônia, e levantou-se, com os pés descalços e o roupão cor-de-rosa.

Por um momento, ele se sentiu quase casado, quaisquer que fossem as opiniões dela sobre o assunto. Os dois estavam na sala de estar da suíte dela.

— Você está muito bonita.

— Assim? — Ela o olhou como se ele tivesse dito uma coisa inteiramente ridícula, enquanto ela passava a mão pelos cabelos e fechava mais o roupão. Não usava nada por baixo, mas ele também não podia perceber nada. O cor-de-rosa claro parecia suave e lisonjeiro junto à pele dela. — Não seja tolo — disse, ignorando o elogio, entrando no quarto e fechando a porta.

John disse que ia ler o jornal enquanto a esperava, mas em vez disso, ao retornar, ela o encontrou olhando pela janela. Absorto em pensamento, ele levou um susto quando sentiu o toque dela em seu ombro. Sua mente estava a milhões de quilômetros dali. Pensava nela.

— Mas como está elegante — ele disse, admirando-a.

Fiona usava um terninho de verão preto-e-branco de linho que recebera de presente de Balmain anos antes, e caía bem nela, sandálias pretas de salto alto feitos de couro de lagarto e uma bolsa Hermès de couro preto macio, conhecida como "Kelly mou". Prendera os cabelos atrás num perfeito nó e pusera enormes brincos pretos de concha, da Seaman Schepps. Estava elegante e discreta, tendo como único detalhe colorido o imenso bracelete turquesa no pulso. Parecia a editora-chefe da *Chic* nos mínimos detalhes.

— Pronta? — ele perguntou, ao se prepararem para deixar o quarto.

Era tudo muito adequado, mas de algum modo parecia surpreendentemente doméstico, quando saíram da sala de estar da suíte de Fiona e encontraram Adrian, que deixava apressado seu quarto. Adrian ergueu uma sobrancelha na direção dos dois e sorriu.

— Minha nossa, mas não é uma boa notícia? Eu esperava que alguma coisa assim fosse acontecer. Lua-de-mel no Ritz.

Era uma suposição bastante ousada da parte dele.

— Feche a matraca, Adrian — ralhou Fiona, parecendo sem graça, e John sorriu para os dois. Vestira o blazer a essa altura e pusera uma bonita gravata amarela Hermès. — A gente apenas tomou o café-da-manhã junto. Relaxe. Ainda continuo virgem.

— Que decepção saber disso — ele retrucou, quando entraram no elevador juntos.

John pareceu ter levado a provocação de Adrian na esportiva. Os dois conversaram na descida, e Fiona saiu do elevador na frente deles. Acabaram verificando que o motorista de Adrian se atrasara e assim os três seguiram juntos para a Académie des Beaux Arts, na margem esquerda do Sena, no carro de Fiona.

Como ela previra, o desfile foi suntuoso, mas elegante e impressionante, um cenário inteiramente diferente do apresentado no desfile a que levara John na véspera. Ele ficou muito impressionado e disse que adorou. Depois do desfile, Adrian voltou ao hotel para falar com o fotógrafo. John e Fiona foram almoçar no Le Voltaire. Ela começava a sentir-se preguiçosa. Interessava-a mais passar o tempo com John do que fazer seu trabalho.

Dividiram um agradável e relaxante almoço de três horas no Le Voltaire, e quando o restaurante ficou cheio ela conhecia mais da metade das pessoas ali. Hubert de Givenchy viera para almoçar assim como Baronne de Ludinghausen, que fora da Saint Laurent. Havia estilistas, socialites e banqueiros, e enquanto esperavam o café Fiona conversou amavelmente com um príncipe russo da mesa ao lado. Conhecia todo mundo, e, mais importante, todos a conheciam.

Os dois retornaram ao hotel para falar com Nova York, após o almoço, e encontraram-se mais uma vez às quatro e meia. Haviam combinado fazer um passeio pelo Faubourg Saint Honoré, e ele a acompanhou de bom grado à casa Hermès. Quando voltaram ao hotel às seis horas, haviam passado o dia todo juntos, e Fiona surpreendeu-se como se sentia inteiramente à vontade com ele. Era tão agradável estarem juntos. Ela foi trocar-se, enquanto ele enviava alguns e-mails em seu computador, e quando tornaram a se encontrar ela usava um conjunto de calça e paletó de seda azul. Dirigiam-se ao desfile de Givenchy, que acabou se revelando revoltante, e, embora ela houvesse dito ter gostado de algumas peças, ficara decepcionada do ponto de vista profissional.

Depois disso, voltaram ao Ritz para o coquetel oferecido pela revista *Chic*, que Adrian tinha sob total controle. Todo mundo que era alguém estava lá. Fiona cumprimentou as pessoas e apertou muitas mãos. Haviam-se passado horas quando os dois saíram para pegar o final da festa da casa Givenchy, um evento espetacular numa tenda nos Jardins de Luxemburgo. À meia-noite foram ao bar Buddha por alguns minutos, porque ela prometera encontrar algumas pessoas lá. Por último, pararam no Hemingway Bar no hotel, para um último drinque. John tomou um uísque e ela água mineral, e percebeu espantada que eram duas e meia da manhã quando saíram do bar e subiram. Tudo sempre começava tarde em Paris e, em conseqüência, tudo ia até bem tarde da noite.

— É sempre assim, quando você vem aos desfiles de alta-costura? — ele perguntou, ao entrarem juntos no elevador.

Detestava admitir, mas estava exausto. Ela levava a vida num ritmo que o mataria numa semana. Era muito mais fácil, para ele, ir para um escritório e oferecer jantares tranqüilos algumas vezes por semana. Ele nem conseguia começar a pensar em todas as coisas que haviam feito e visto em dois dias. E ela nem parecia cansada, remexendo na bolsa à procura da chave.

— É, é sempre muito agitado — ela respondeu, sorrindo. — Quer um dia livre amanhã? Eu vou ao desfile Chanel de manhã e ao Gaultier à tarde.

Como se isso significasse alguma coisa para ele. Era o mesmo que haver falado em mandarim, mas ele gostava do som das palavras em seus lábios.

— Eu não perderia nenhum deles por nada. Estou tendo um curso intensivo, ou algo do tipo. — E então, de repente, perguntou-se se não seria constrangedor para ela ser vista constantemente com ele. Essa possibilidade jamais lhe ocorrera. Aquilo não era um cruzeiro de prazer para ela, afinal, mas uma viagem de negócios. — Prefere ir sozinha, Fiona?

Ele parecia preocupado, e ela se encostou na porta de sua suíte. Os dois já se sentiam como velhos amigos, e ela se sentia espantosamente à vontade com ele.

— Eu preferia ir com você — ela respondeu com franqueza. — É mais divertido para mim. Quase como se eu tivesse fazendo algo diferente. — Era uma coisa gentil para dizer a ele. E, sem dizer uma palavra, ele tocou o rosto dela com delicadeza.

— Também gosto da sua companhia. — Mais ainda do que ele sonhava. Haviam sido dois dias memoráveis com ela, e sem pensar ele se curvou devagar para ela e, quando menos esperava, já a abraçava e beijava na porta da suíte dela. Ficaram ali um longo tempo, e a idéia que passou pela cabeça de John foi que Adrian talvez estivesse a caminho de seu quarto. Mas não queria forçar a entrada no quarto de Fiona. Assim, continuaram ali se beijando e abraçando até ela sussurrar-lhe numa voz suave.

— Gostaria de entrar?

— Achei que você nunca ia perguntar — ele sussurrou de volta e ela riu.

Os dois entraram na sala e fecharam a porta suavemente. Por um momento, sentiram-se como duas crianças travessas que se haviam livrado dos pais.

— Gostaria de uma bebida? — ela perguntou, tirando os sapatos e ficando descalça.

Despira o blazer no bar e usava uma bata que escorregava sedutoramente por um dos ombros. Ele só conseguia pensar nela; a última coisa que queria era uma bebida.

— Não, meu amor, eu não quero uma bebida — respondeu, tomando-a mais uma vez nos braços, e um momento depois deslizava amavelmente a bata até a cintura e sentia apenas a deliciosa seda da pele dela.

Ela o pegou pela mão, e ele a seguiu até o quarto. A cama estava preparada à perfeição, como se à espera de um casal real. Quando ele tornou a beijá-la, apagou a luz e a acompanhou até a cama. No escuro, as roupas dele desapareceram quase tão rápido quanto as dela, e momentos depois se deitavam um nos braços do outro por um longo tempo, enquanto saboreavam o momento, e então, como se um maremoto os houvesse atingido, a paixão os esmagou. Foi uma longa e deliciosa noite que nenhum deles esperava, nem sonhara, mas, se algum deles houvesse sonhado, teria sido essa noite que passaram juntos.

Capítulo 6

FIONA TENTOU PARECER RESPEITÁVEL e solene quando saíram para o desfile da Chanel na manhã seguinte. John estava usando um terno cinza, camisa branca e gravata azul-escura e parecia que ia a uma reunião de negócios. Para compensar as loucuras da noite anterior, ela pusera um sério *tailleur* preto Chanel, de saia curta. Mas conseguiu apenas uma aparência ainda mais sensual que nunca. Pelo menos assim achou ele ao abraçá-la e segurá-la firme junto a si, enquanto o elevador do Ritz descia para o saguão da rue Cambon, e Fiona sorria.

— Você está num alto astral esta manhã — provocou ele.

Os dois estavam. Por um bom motivo. Fora uma noite admirável para eles.

— Eu vinha pensando nas câmeras do elevador. Talvez possamos realmente lhes oferecer algo para ver — ela disse, rindo, mas a essa altura as portas já tinham aberto, e uma família japonesa esperava para entrar. John saiu acompanhando Fiona e ajeitando a gravata. Os dois se sentiam como se o mundo todo tivesse visto o que acontecera na noite anterior. Parecia-lhes tão óbvio.

— Minha saia está muito curta? — ela perguntou, com um ar preocupado, quando um dos homens da segurança os deixou passar pela porta da rue Cambon em geral trancada.

Eles a abriam só para ela, porque era apenas uma curta caminhada até a casa Chanel do outro lado da rua. Do contrário, teriam de contornar toda a Place Vêndome, o que não fazia sentido.

— Acho que sua saia devia ser mais curta — disse John, baixinho, pois chegavam à Chanel.

Uma multidão esperava na calçada para entrar, incluindo o habitual grupo de *paparazzi* e de fotógrafos legítimos. A casa Chanel era pequena, e o grupo que assistia ao desfile, seleto e de elite. Assim que viram Fiona, abriram caminho para ela no meio da multidão e a deixaram entrar. Ela deu o braço a John, que entrou ao seu lado, enquanto os fotógrafos batiam instantâneos dos dois.

— Está tudo bem? — ele perguntou em voz baixa, pois não queria criar problema para ela.

Fiona era famosa, afinal, e ele não sabia se ela se importava de ser fotografada com um homem. Mas ela sorriu para as câmeras e depois para ele.

— Ótimo. Você está deslumbrante — ela respondeu, subindo tranqüilamente a escada, e um momento depois ocupavam os lugares marcados.

Ao contrário dos outros desfiles, o de Chanel começou pontualmente, e as roupas eram respeitáveis e maravilhosas. Tocavam Mozart enquanto as modelos desfilavam serenamente por entre as cadeiras. Cada aspecto do desfile transmitia elegância e tradição. Era como visitar uma grande dama para o chá. Karl Lagerfeld desenhara uma coleção que deixou todos os presentes de queixo caído. O vestido de noiva no final era tão espetacular quanto Adrian lhe dissera. O longo de veludo com capa de arminho fez todos prenderem a respiração, e o próprio Lagerfeld recebeu uma ovação de pé quando apareceu. Fiona sabia que a imprensa ia enlouquecer com as fotografias, e ela mal podia esperar para publicá-las na *Chic*. O vestido de noiva era absolutamente primoroso, como toda a coleção.

— É uma pena que seja um vestido de noiva — disse John, quando os dois serpeavam por entre a multidão em direção à saída. Fiona parou um momento para cumprimentar Karl e apresentou John a ele. — Ficaria maravilhoso em você.

Ela não pôde deixar de rir.

— Obrigada pelo elogio. Eu ainda não vi os preços, mas esse vestido deve provavelmente custar o mesmo que um pequeno chalé de verão. E eles não presenteiam editoras-chefes com vestidos assim.

— Que pena! Ficaria ótimo em você — comentou ele, sinceramente.

Continuavam rindo e conversando quando voltaram ao hotel e almoçaram no jardim. Depois do almoço, correram com Adrian para o desfile de Gaultier, que era o preferido de John, do seu agrado nos mínimos detalhes. Toda a coleção daquele ano era vermelha, incluindo os casacos de pele, e todas as peças do desfile eram de inspiração chinesa. Embora fosse extremamente teatral, Fiona não ficou muito entusiasmada.

A última coleção que foram ver no fim da tarde foi a de Valentino, que se revelou tão elegante quanto a de Chanel. Como sempre, Valentino também usara muito vermelho em suas criações. Dessa vez até Fiona se sentia cansada quando chegaram ao hotel.

Tinha de rever milhões de anotações e fotografias, mas faria isso de manhã, depois que John saísse. Para a última noite, os dois haviam combinado jantar num restaurante simples em um Bateau Mouche e depois passear pela margem esquerda. No dia seguinte ao da partida de John, ela viajaria para Saint-Tropez. Adrian planejava voltar para Nova York quando ela fosse para lá. Tinha muito a fazer. O período depois da temporada de alta-costura de Paris sempre os mantinha ocupados durante semanas. Era uma raridade, mas Fiona decidira tirar férias por duas semanas inteiras. Não tirava tanto tempo de folga em anos, mas estava precisando.

— Você parece cansada, quer uma xícara de chá? — perguntou John solícito.

Ela aceitou agradecida com um aceno da cabeça, feliz por desabar no sofá durante algum tempo, enquanto checava suas mensagens. A noite anterior fora curta, e não haviam dormido muito. John pediu chá para ele também, e os dois se sentaram para relaxar no sofá, conversando sobre os três desfiles que tinham visto naquele dia, e ela o congratulou por assistir a todos os desfiles importantes da semana de alta-costura.

— Graças a você — ele disse. — Eu nem saberia como descrever isso a ninguém. Foi incrível, Fiona. — Curvou-se para beijá-la. — E você também.

Ele não se sentia tão feliz assim em anos, e jamais conhecera alguém como ela. Era mágica, excitante, fascinante e misteriosa, tudo ao mesmo tempo. Como um belo animal na selva, correndo livre, desenfreado, mas inesquecivelmente linda e atraente quando parava para olhá-lo. Ele estava perdidamente apaixonado por ela, e só a conhecia a algumas semanas. Fiona também se espantava com essa idéia, o que o agradava também. Ela se sentia igualmente louca por ele. Mas temia que fosse apenas um fenômeno de Paris e da agitação da viagem. Temia que, assim que voltassem para Nova York, o encanto se desfizesse, e disse-lhe isso enquanto tomavam chá.

— Não seja tão cínica, Fiona — ele a repreendeu. — Acha que não pode se apaixonar na sua idade? As pessoas fazem isso o tempo todo, e pessoas muito mais velhas que você. Por que não poderia ser real?

— E se não for? — ela perguntou, parecendo preocupada.

Queria que fosse. Mais do que quisera qualquer coisa em anos. Também jamais conhecera alguém como ele. Forte, sólido, sensível, caloroso, afetuoso, inteligente, amável, racional, e parecia perfeitamente capaz de tolerar uma ou outra insanidade da carreira dela, mesmo durante a semana de alta costura. Ele gostava de Adrian, que era o principal suporte na vida de Fiona. Não tinha tanta certeza do seu futuro relacionamento com Sir Winston, mas nisso podia se dar um jeito. O resto parecia perfeito, embora ela soubesse que nada era, e nem podia ser. Sem dúvida dava essa impressão. Ele parecia ser tudo o que ela sempre quisera embrulhado num único ser humano. Seu príncipe encantado, e não apenas bonito, mas distinto, sensual e muito inteligente também. Os dois tinham química à beça.

— Não se comporte como uma gata assustada — ele disse, confiante.

Também queria que ela conhecesse suas filhas. Tinha certeza de que as meninas a adorariam, no mínimo por ele adorá-la.

— Vou sentir sua falta quando for para Saint-Tropez — ela confessou, mordiscando um biscoito.

Agora lamentava ir para lá. Ia ser chato e solitário sem ele. E tinha recebido uma mensagem na véspera avisando que seus amigos que iam recebê-la com o barco estavam presos na Sardenha em razão do mau tempo e do mar encapelado, e haviam decidido permanecer por lá. Portanto ela ia ficar sozinha no Hotel Byblos em Saint-Tropez.

— Podíamos fazer alguma coisa a respeito, se você quiser. Mas não quero me intrometer em suas férias, Fiona. Precisa delas, e só vai ficar ausente por duas semanas.

Para ele, também parecia uma eternidade.

— Que é que você tinha em mente? — ela perguntou, interessada.

— Parece meio louco, mas se você quisesse, eu poderia remarcar alguns compromissos. Nessa época do ano, quase todo mundo está de férias. E minhas meninas estão ocupadas. Se quiser, eu poderia ir com você. Mas, se achar que não, eu entendo perfeitamente. Tenho com que me manter ocupado durante as próximas duas semanas.

Mas ela já estava sorrindo radiante para ele.

— Você faria isso? Poderia?

Era uma loucura, sabia, mas não se importava. Adorava estar com ele, e o queria junto na viagem a Saint-Tropez, se ele pudesse dar um jeito de ir.

— Poderia, faria e adoraria. O que te parece? — ele perguntou.

— Maravilhoso — ela lhe garantiu.

Ele ligou para a secretária uma hora depois, enquanto ela tomava uma chuveirada e se vestia para a noite. Surgiu de calça larga de seda bege e um suéter curto, também de seda bege, quase transparente, mas não tanto. Ela sempre conseguia uma aparência elegante e sensual. Usava *mules* de seda vermelha também para a noite informal no Bateau Mouche.

— Ela conseguiu? — perguntou Fiona, como uma criança à espera do Natal, referindo-se à troca de planos, e ele riu com a pergunta.

— Não lhe dei opção, mandei que fizesse. É meio louco, mas que diabos, Fiona, a gente só vive uma vez. Quem sabe quando teremos a chance de fazer isso de novo? Somos os dois tão ocupados. Você já tem tudo programado, e o mínimo que posso fazer é adequar minha agenda para combinar com a sua.

Sorria-lhe, sentado na cama do quarto da suíte dela, e ela passou os braços em volta dele, grata por tê-lo encontrado e tê-lo ao seu lado.

— Você é verdadeiramente impressionante — ela declarou.

Mas era ele quem a julgava assim.

Uma hora depois, estavam no Bateau Mouche jantando um filé e *pommes frites*, e deslizavam pelo Sena, apreciando as luzes e os monumentos de Paris. Era uma coisa turística batida para fazer, mas a idéia atraíra os dois, e os deliciava o fato de havê-la feito. Conversaram sobre os planos para Saint-Tropez, e John decidiu ligar para uma locadora de barcos que conhecia para ver se conseguia um barco por um ou dois dias. Pareceu incrivelmente romântico a Fiona, e enquanto isso os dois ficariam no hotel Byblos, o que também seria divertido. Achava que estava sonhando toda vez que o olhava.

Passaram a pé pela margem esquerda, depois tomaram uma taça de vinho no terraço do Deux Magots, e ele comprou para ela um quadrinho bobo de um pintor de rua, como um suvenir dos primeiros dias deles juntos em Paris. À meia-noite, voltaram ao hotel, quase correndo para o quarto dela, e fizeram amor durante horas. Tanto que ela dormiu demais e pela manhã só acordou quando Adrian bateu na porta para se despedir. Estava de partida para o aeroporto. Seu trabalho em Paris terminara.

— Achei que você estaria trabalhando — ele disse num tom acusatório, mas ela sabia que não era a sério.

— Eu... quer dizer, eu vou... estava exausta — desculpou-se.

— Eu também. Trabalhei pra burro desde as seis, e você dormindo até às dez e meia. Quando eu crescer, quero seu emprego. — Ao dizer isso, ele viu um par de sapatos de homem, arrumado com todo cuidado embaixo da mesa de centro, e lhe sorriu-lhe. A não ser que seus pés tenham crescido ou você esteja se travestindo, deduzo que não seja mais virgem.

— Meta-se com a sua vida — ela disse, em voz baixa.

Fechara a porta do quarto, John continuava dormindo. Haviam ficado acordados até às quatro da manhã, mas valera a pena.

— Quanto vai me dar para eu não contar a Sir Winston? — perguntou Adrian, com um ar conspiratório.

— Toda a minha fortuna.

— *E* seu bracelete de turquesa? Posso mandar refazê-lo para caber em mim — ele disse, malévolo.

— Ao diabo com você. Vá em frente e conte a ele.

— Talvez eu tenha de fazer isso mesmo. Você ainda vai para Saint-Tropez?

Ele nunca a vira assim, e decididamente estava adorando. Tudo que queria era que ela fosse feliz. Gostara de John assim que o conhecera. Achava-o maravilhoso para ela. Pelo que via, os dois haviam tirado a sorte grande, e ela merecia. Em todos os anos que a conhecia, jamais houvera um homem na vida dela que ele aprovasse. Sobretudo o arquiteto casado de Londres. Detestara-o. E achava o maestro que queria se casar com ela um tolo. John fora o único homem que ele julgava merecedor de Fiona.

— Sim, ainda vou para Saint-Tropez — ela disse inocentemente, mas Adrian a conhecia melhor.

— Ele vai com você?

— Hum hum — ela respondeu com um ar travesso.

— Suas crianças levadas! Bem, aproveitem — ele disse, abraçando-a. — Ligue para mim se precisar me dizer alguma coisa, e me mande tudo por FedEx antes de partir.

Ela tinha muito trabalho a fazer naquele dia, antes de sair de férias, e pretendia fazê-lo. Apaixonada, ou não, ela era uma mulher que cumpria os prazos. E nada ia mudar isso.

— Prometo. Bom vôo... eu amo você — ela disse, e abraçou-o mais uma vez, e ele a deixou com um floreio de malas, chapéu de palha e pasta de crocodilo vermelho para combinar com as sandálias.

— Eu também amo você. Diga oi a John por mim e que cuidarei de Sir Winston.

Com um último aceno, desapareceu no elevador, deixando-a parada na porta da suíte. Depois, ela fechou a porta sem fazer barulho. Não queria acordar John, mas ele já se mexia na cama quando ela tornou a entrar no quarto.

— Quem era? — perguntou sonolento, enlaçando-a com um braço e virando-se para ela. Adorava a aparência dela de manhã.

— Adrian. Acabou de partir. Tentou me chantagear, e disse que ia contar a Sir Winston. Quer meu bracelete de turquesa. Eu disse que esquecesse.

— Ele sabe? — John abriu um olho e olhou-a curioso — Você contou?

— Viu seus sapatos embaixo da mesa.

— Quanto ele quer para não contar ao cachorro?

— Ele não é um cachorro.

— Desculpe, esqueci... Venha cá, sua coisa deslumbrante, você... — ele disse, puxando-a mais para junto de si, e o dia começou como a noite terminara.

Capítulo 7

FIONA TERMINOU TODO O TRABALHO que tinha a fazer e o enviou a Adrian antes de partir para Saint-Tropez, e John conseguiu encontrar um barco de mais de 40 metros para alugar. O corretor garantira que era uma beleza, e os dois partiram de ânimo elevado. John deixara uma mensagem para as duas filhas, dizendo que ia ficar na França por mais duas semanas, mas as duas estavam fora quando ele telefonara.

Assim que chegaram a Nice, Fiona providenciara uma limusine para esperá-los e levá-los a Saint-Tropez e ao Hotel Byblos. Tinha uma bela suíte reservada. O barco ia encontrá-los na manhã seguinte.

Passaram uma hora na praia naquela tarde, depois perambularam pelas lojas e pararam num café. À noite, ela o levou ao seu bistrô preferido. Era tão barulhento e cheio quanto ela avisara que seria, e após caminharem um pouco, voltaram para o hotel, e alegremente caíram na cama nos braços um do outro. Adormeceram desta vez assim que encostaram a cabeça no travesseiro. Fora uma longa semana, cheia de paixão, pessoas e agitação, e os dois se sentiam empolgados por estarem sozinhos de férias.

Na manhã seguinte, quando viram o barco, ficaram assombrados com sua beleza. Passaram o dia navegando com uma tripulação de nove, à noite, em Monte Carlo, tiveram um tranqüilo jantar romântico no convés de popa, tomando champanhe e se regozijando de alegria por estarem juntos naquele ambiente glorioso.

— Quando isso aconteceu? — perguntou-lhe Fiona, assombrada. — Eu perdi alguma coisa? Quando morri e fui para o céu? Como tive essa sorte?

Jamais sonhara em encontrar alguém como ele. E ele se sentia exatamente como ela. Fiona era magia.

— Talvez nós dois mereçamos — ele respondeu apenas, e acreditava nisso.

— É simples demais. Eu sinto como se tivesse ganhado na loteria.

— Nós dois ganhamos — ele corrigiu.

Nas duas semanas seguintes, o tempo que passaram juntos foi idílico, além de suas esperanças, sonhos e desejos.

Ficaram com o barco apenas durante a primeira semana, e fizeram bom uso dele, e o tempo que passaram juntos depois foi um pouco mais prosaico. Mas também curtiram e se divertiram em Saint-Tropez indo à praia e experimentando novos restaurantes. As férias terminaram rápido demais. Parecia que tinham durado apenas minutos quando se viram mais uma vez no aeroporto em Nice voando juntos para Paris e depois de volta para Nova York. Pela primeira vez, Fiona não se sentia sequer entusiasmada com a perspectiva de rever Sir Winston. No vôo de volta, conversaram sobre como administrar o resto do verão.

John já explicara que as meninas iam ficar fora até o Dia do Trabalho, a governanta também se achava fora visitando a família e a cadela estaria num canil até o fim do verão. O animal precisava de muita atenção, e ele não podia cuidar dela direito com a governanta em Dakota do Norte. Após passarem o fim de semana do feriado do Dia do Trabalho com ele, as meninas iam voltar para a faculdade, embora as visse regularmente durante o ano letivo. Courtenay vinha para casa muitas vezes para os fins de semana, pois estudava em Princeton. Hilary esforçava-se o máximo por vir de Brown uma vez por mês, a não ser quando tinha provas. Ele disse que ela era uma estudante muito séria. Queria ser oceanógrafa e estava fazendo residência naquele verão num laboratório em Long Beach, na Califórnia. E disse um milhão de vezes que tinha certeza de que Fiona as adoraria. Em sua mente não havia dúvida alguma de que se apaixonariam por ela, assim como ele. Essa parte era fácil. Ele tinha menos certeza da reação de Fiona a elas, visto que ela não tivera filhos. Mas as meninas não eram bebês, eram mulheres. Portanto, Fiona ficaria perfeitamente à vontade com elas, disse a si mesmo, e tinha certeza de que se tornariam as melhores amigas. Elas precisavam de companhia feminina adulta, pois as duas sentiam muito a falta da mãe. Fiona já dissera que ia fazer compras com elas. Não tinha muito conhecimento de meninas e jovens, mas fazer compras era uma coisa da qual ela entendia e achava que isso seria uma forma fácil de passar a conhecer as filhas dele.

— Então que vamos fazer quando chegarmos em casa? — ela perguntou, quando se sentaram no salão da primeira-classe no aeroporto Charles de Gaulle, à espera do vôo para Nova York.

— Em relação a quê? Eu estava pensando que talvez pudéssemos procurar uma casa nos Hamptons para alugar para os fins de semana.

Talvez houvesse alguma disponível que ninguém ainda tivesse alugado, e os dois adoravam a praia e sair da cidade. Na falta disso, ele sempre podia alugar outro barco, o que também agradava aos dois. As possibilidades eram infinitas, mas ela tinha outro plano em mente. Haviam passado do início do namoro e primeiro rubor para a vontade de ficar juntos o tempo todo. Isso ele já lhe dissera em Saint-Tropez.

— Quer ficar na minha casa comigo até sua governanta voltar? — perguntou Fiona.

Ele já pensara nisso, mas não quisera ser presunçoso e sugerir isso para ela.

— Como acha que Sir Winston vai se sentir? Acha que devemos perguntar a ele primeiro?

— Não se preocupe. Eu negocio o acordo com ele. O que você acha?

— Acho que é uma excelente idéia. Minha casa é difícil de cuidar sem a Sra. Westerman. E não tenho ninguém mais para fazer a limpeza. Uma empresa faz a limpeza uma vez por semana, mas é só isso. Sua casa funciona de forma mais organizada, com Jamal, e é mais fácil para você com o cachorro... desculpe... seu filho... quer dizer, Sir Winston.

— Assim está melhor — ela disse com um sorriso.

Gostava muito da decisão... e de repente em pânico pensou nos armários. Não tinha um centímetro de espaço sobrando, e ia ter de encontrar algum rápido. Perguntava-se se ele se incomodaria de subir mais um lance de escada até o quarto de hóspedes. Guardava seus casacos de pele e roupas de esqui ali, mas na certa poderia espremê-los e abrir algum espaço para ele. Talvez. Ou... talvez o armário do escritório, mas não tinha espaço para pendurar cabides... o do banheiro... estava cheio de camisolas, roupões e alguns vestidos de festa antigos. Teria de encontrar alguma solução. Ele de fato tinha espírito esportivo. Aceitara a aventura mesmo quando alguma coisa dera errado, embora muito pouco houvesse dado. Mas era infalivelmente educado e sereno, e ela adorava isso. Não parecia ter gênio ruim e tinha uma disposição feliz.

Foram direto para a casa de Fiona naquela noite. Jamal deixara a casa imaculada para ela e a enchera de flores. A geladeira estava repleta de tudo que ela gostava de comer; tinha até uma garrafa de champanhe que ela abriu para dividir com John, e os dois brindaram um ao outro, em pé na sala de estar. Ela nunca fora tão feliz na vida. Sir Winston voltaria para casa no dia seguinte, e mal conseguia esperar para vê-lo.

Na manhã seguinte, John preparou o café-da-manhã para ela. Fez uma omelete de queijo e *muffins* ingleses, e os dois deixaram a casa na mesma hora para os respectivos escritórios. Jamal chegou um pouco antes de eles saírem, e encarou Fiona, surpreso. Homens haviam passado a noite de vez em quando ao longo dos anos, e o maestro morara com ela, mas ele não via ninguém na casa de manhã fazia muito tempo. Não sabia se era um caso temporário ou alguém que viera para ficar. As palavras seguintes dela explicaram.

— Este é o Sr. Anderson, Jamal. Preciso de uma chave para ele — disse de imediato, pois tinha uma reunião importante no escritório e estava com pressa. — Faça uma cópia e deixe na minha escrivaninha.

Lembrou-lhe que ele tinha de estar em casa quando trouxessem Sir Winston às quatro da tarde, e com isso ela e John chamaram táxis simultaneamente, beijaram-se no meio da rua e partiram para os respectivos dias de trabalho.

Haviam combinado encontrar-se na casa dela naquela noite. Ele ia primeiro ao seu apartamento pegar algumas coisas. Muito fácil. Num passe de mágica, ela ia morar com um homem em sua casa. Durante o verão, pelo menos. Até as filhas e a governanta voltarem. Assim que as meninas partissem de novo para a escola, imaginava que ele se mudaria mais uma vez para a casa dela, desde que os dois houvessem gostado. E ela esperava que sim, com todo o seu coração. Queria que desse certo, mais do que tudo na vida. Estava seriamente apaixonada por ele, e o achava um homem extraordinário. E sabia que ele se sentia do mesmo modo em relação a ela. Sorte cega.

— Como foi Saint-Tropez? — perguntou Adrian, com um sorriso de quem sabe das coisas, quando ela cruzou a porta com uma braçada de papéis, pastas e revistas que trouxera de Paris.

Tinham muito a conversar.

— Fabuloso. — Ela deu um belo sorriso e ele viu isso nos olhos dela. Nunca parecera tão relaxada.

— E onde ele está agora?

— No escritório dele.

— E ontem à noite? — provocou Adrian.

Era como um irmão para ela, e não se incomodava com as provocações. Tinha poucos segredos para ele, se houvesse algum.

— Não é da sua conta.

— Foi o que pensei. Já contou a Sir Winston?

— Vamos dar a notícia a ele esta noite.

— Chame o veterinário e peça um Valium para ele. Talvez seja duro.

— Eu sei. — E depois baixou a voz. — Estou com um problema sério, e não sei o que fazer a respeito.

Ele pareceu instantaneamente preocupado por ela.

— Nada sério demais, espero.

— Talvez seja. Adrian, eu preciso de espaço nos armários. Não tenho espaço nem para um lenço.

— Ele vai morar com você?

Adrian ficou impressionado com a rapidez. Mas era assim que algumas coisas aconteciam às vezes. E essa era uma delas.

— Mais ou menos. Durante o verão. Até a governanta voltar. Juro que se ele trouxer mais do que um pijama eu estou frita. Olhei em cada armário ontem à noite. Meus casacos de pele estão no quarto de hóspedes, minhas roupas de praia no andar de cima, os vestidos de noite, as roupas de trabalho... diabos, Adrian, tenho mais coisas que uma loja. Não tenho espaço para um cara.

— É melhor achar algum e rápido. Esses caras não gostam de escavar os calções de dentro da sua gaveta de calcinhas, nem de vasculhar por entre seus vestidos de noite na hora de se vestir para trabalhar. Se ele não gosta de se travestir, você está com um sério problema.

— Não gosta.

— Então você está ferrada. Venda suas roupas.

— Não seja ridículo. Você tem de encontrar uma solução.

— *Eu* tenho de encontrar uma solução? Pareço por acaso o fiscal do seu armário? Ele não vai morar comigo, vai morar com você.

— O que você faria? Tem tanta coisa quanto eu.

— Que tal alugar um daqueles belos trailers e estacionar na calçada para guardar as suas roupas?

Divertia-se imensamente com o dilema dela, mas os dois sabiam que era um dilema agradável.

— Não tem graça nenhuma.

— Não, mas você tem. Basta tirar toda sua roupa de um dos armários, e talvez jogar tudo no quarto de hóspedes, ou pendurar em araras com rodízios e empurrar pela casa.

— Grande idéia. — Ela parecia aliviada. — Me faça um favor, vá até a Gracious Home na hora do almoço e compre para mim algumas araras. Mande levar tudo lá para casa. Vou mandar Jamal pôr no quarto de hóspedes, e simplesmente esvaziarei um armário para ele esta noite.

— Perfeito. Sabe, as pessoas cometem um enorme engano. Acham que o desafio nos relacionamentos é por causa de sexo ou dinheiro. Não é verdade. A causa são os armários. Tive de pedir ao meu último namorado que se mudasse. Era ele ou meus Blahniks. Eu me senti péssimo a respeito, mas no fim eu estava mais apaixonado pelos meus sapatos.

Ela sabia que não era bem assim, que o último namorado dele o traíra. Adrian ficara arrasado, pusera-o para fora e chorara durante semanas. Ele era um cara decente, e o namorado, não. Quase partira seu coração.

— Você é um gênio. Compre araras para mim. Vou tentar chegar em casa cedo e esvaziar um armário para ele. Me sinto tão idiota por ter tanta coisa.

— Ia se sentir mais idiota no seu ramo se se vestisse mal. Vamos ser realistas.

— Tudo bem, então somos pessoas superficiais e terrivelmente mimadas. Você tem razão. Talvez eu alugue um apartamento para minhas roupas e simplesmente as mudo nas diferentes estações. Assim, só precisarei da metade dos armários.

— Primeiro veja se o relacionamento dá certo. Como é, por falar nisso? Imagino que seja bom, se vai deixá-lo mudar-se.

— Ele não vai se mudar — ela o corrigiu. — Apenas vai ficar comigo durante o verão.

— Desculpe, "ficar com você". As coisas devem estar muito boas. Ninguém "fica com você" há muitos anos — lembrou-lhe Adrian de uma coisa que ela já sabia.

— Eu achava que ninguém jamais moraria de novo. Que ia ser eu e Sir Winston para todo o sempre, ou enquanto vivêssemos.

— Um de vocês vai viver mais que o outro nesse relacionamento. E considerando-se a idade e os problemas cardíacos de Sir Winston, espero que seja você.

Ela assentiu com a cabeça, ficando séria com o comentário. Gostava de acreditar que Sir Winston viveria para sempre. Adrian imaginava que ela seria uma felizarda se o tivesse por mais um ou dois anos, se tanto. Ele já tivera algumas crises cardíacas. Só esperava, pelo bem de Fiona, que dividi-la com um admirador de duas pernas não empurrasse Sir Winston para o abismo.

Após resolver os problemas mais prementes do momento, os dois puseram mãos à obra. Ele a pôs a par de todo o material de Paris. Ela tinha uma reunião com a equipe toda marcada para as onze horas, que acabou por se estender até as duas. Passou o resto da tarde atualizando-se, examinando instantâneos da alta-costura e conferindo horários e detalhes de sessões fotográficas. Estavam insanamente ocupados. Haviam acabado de fechar outubro e começavam novembro. E dali a um mês estariam mergulhados até as orelhas no Natal, que era sempre uma edição importante. Fiona decepcionou-se ao descobrir que dois de seus editores favoritos tinham pedido demissão durante a ausência dela e já haviam ido embora. Adrian contratara dois substitutos.

Surpreendeu-a ver que tinha uma importante sessão de fotos mais tarde naquela semana com Brigitte Lacombe. E uma ainda mais complicada com Mario Testino durante o fim de semana. Seria uma semana totalmente insana. Bem-vinda ao lar.

Mas, apesar de tudo que acontecia, conseguiu deixar o escritório às seis horas e saiu quase voando para casa. Adrian mandara alguém comprar as araras para ela, e Jamal as pusera no quarto de hóspedes, embora ela só descobrisse que ele as montara errado quando desabaram duas vezes com todos os vestidos de noite pendurados. Segurara o diagrama de cabeça para baixo. E a ajudou a endireitá-las.

— Você deve gostar mesmo desse cara — comentou Jamal, enquanto ela pegava todos os vestidos do chão pela terceira vez e os colocava de volta na arara. Levara ao todo dois minutos para beijar e abraçar Sir Winston, e ele a tratara com desprezo. Não gostava de "acampar", e sempre que ia, descontava durante as semanas seguintes. Ela se via num verdadeiro manicômio. E ele ali estendido na cama, roncando alto.

— É um cara fantástico — disse a Jamal, acrescentando algumas roupas de praia à arara, e uma dúzia de vestidos de noite.

Quando terminou, tinha aberto espaço em cerca de um terço do armário para ele pendurar os ternos dele, e para uns quatro ou cinco pares de sapato no piso. E liberara duas gavetas. Não parecia muito, mas levara duas horas. John ligou às sete e explicou que ficara preso no escritório, ainda não chegara ao apartamento e esperava estar em casa por volta das nove. Se ela quisesse, traria pizza e vinho. Ela disse que não precisava, pois ia preparar uma salada e uma omelete, o que pareceu ótimo para ele. Ela sorriu para si mesma quando desligou. Era delicioso ficar caseira e estar com ele.

Jamal já saíra a essa altura, e ela vasculhou mais uma vez os armários, à procura de coisas para retirar. Acabou conseguindo sair com duas parcas para esquiar que raramente usava, e o casacão forrado de plumas que usava quando nevava. Ocupavam muito espaço, mas traduziam-se em espaço livre no armário. Ela desconfiou que houvesse espaço para apenas mais dois ou três ternos. Espaço no armário parecia mais difícil de encontrar que ouro. E ela preferia cavar ouro com os próprios dentes a abrir mão de todo um armário para ele. Isso era pedir demais, por mais que o amasse.

Sentou-se na cama junto a Sir Winston então, e ele a olhou, gemeu e virou para o outro lado dando-lhe as costas. Ela entendeu o recado e foi tomar uma chuveirada antes de John chegar. Tudo ficou diferente de repente. Agora, em vez de deitar-se à noite na cama, totalmente desarrumada, comer atum direto da lata, ou apenas uma banana e um bolo de arroz, tinha de parecer decente, talvez até sensual e glamourosa, e preparar uma refeição para os dois. Mas era divertido. E apenas durante o verão. Era como brincar de casinha. Vestiu um cafetã de seda rosa clara e sandálias douradas, pôs a mesa e preparou a salada. Planejava fazer a omelete quando ele chegasse.

Quando ele chegou afinal, quase às dez horas, parecia exausto. Pior do que quando ela chegara em casa. Carregava braçadas de roupas, que arrastou de um táxi, com duas sacolas de supermercado cheias de cintos, gravatas, cuecas e meias. Parecia de mudança, e por uma fração de segundo o coração dela palpitou. E então se lembrou instantaneamente da sorte que tinha e de como o amava. Quando ele a beijou, deixou cair todos os pertences no chão do corredor da frente. Depois de beijá-la, olhou em volta expectante e perguntou:

— Cadê o cachorro?... desculpe... o menino... o homem... seu amigo... você sabe, Sir Winston?

Tinha de se lembrar de dizer direito. Toda vez que dizia a palavra cachorro, ela parecia que tinha sido estapeada. Era um pouco sensível sobre o assunto... e parecia que o cachorro também.

— Está furioso comigo. Foi para a cama.

— Nossa cama?... Sua cama?

Ela fez que sim com a cabeça, ele sorriu e mais uma vez a beijou. Tinha um bom espírito esportivo, mas afinal a casa era do Sir Winston. Chegara ali primeiro.

— Você deve estar morrendo de fome. Eu fiz uma salada. Quer a omelete agora?

— Para ser franco, não estou nem com fome. Fiz uma caneca de sopa quando estava no apartamento. A Sra. Westerman deixou todos os armários de mantimentos vazios. Parece que ninguém mora lá.

— Ninguém mora pelo menos por enquanto.

Ela sorriu, orgulhosa, pensando no espaço no armário que esvaziara para ele. Esperava que ficasse satisfeito.

— Sabe o que eu adoraria? Tomar uma chuveirada e apenas relaxar. Não precisa cozinhar nada para mim.

Como também não estava com fome, ela retirou os jogos americanos e os talheres, e deixou a salada na geladeira. Pegou uma banana e o ajudou a levar as coisas para cima. Ele também trouxera o conjunto de engraxar sapatos, e sua escova elétrica. Era cuidadoso com os dentes e o escovava durante séculos à noite.

Quando chegaram ao andar de cima, jogaram todas as roupas dele na cama. Só quando ela ouviu o ronco embaixo, percebeu que haviam coberto Sir Winston, e logo as retirou. Ele ergueu os olhos, encarou-os furioso, tornou a baixar a cabeça e roncou mais alto ainda. Parecia uma furadeira elétrica roncando, e Fiona sorriu.

— Isso quer dizer que ele aprova ou não? — perguntou John, olhando-o confuso na cama. Nunca ouvira nada além de máquina fazer um barulho daquele. — Você contou a ele sobre nós?

— Mais ou menos. Acho que ele acabou de descobrir.

— Que foi que ele disse?

— Não muito.

— Ótimo — disse John, parecendo aliviado.

Sentia-se cansado demais para negociar com um cachorro. Fora um dia infernal, e haviam tido problemas com dois clientes. Nada insolúvel, mas absorvera todo o seu dia e o desgastara. Estava morto, e só queria um chuveiro e uma cama. Entrou no banheiro, enquanto Fiona pendurava suas roupas, e quando saiu vinte minutos depois sentia-se mais uma vez humano, limpo, e todas as suas coisas haviam sido guardadas.

Fiona mostrou-lhe as duas gavetas dele. Sentia-se como um garoto no acampamento, ou no primeiro dia de internato, aprendendo onde ficava o escaninho. Tudo era desconhecido ali, mas ele não se importava. Só queria estar com ela. E depois ela mostrou-lhe onde pendurara os ternos e as camisas dele. Ficaram belamente espremidos à esquerda dos dela, sem um centímetro de espaço livre, mas couberam. Ele os fitou por um momento, perguntando-se por que ela não abrira mais espaço, mas decidiu não dizer nada. Uma espécie de vestido de baile com plumas sobrepunha-se a um dos ternos escuros dele.

— Não há muito espaço aí — comentou, e ela detestou admiti-lo, mas o armário parecia ter encolhido desde aquela tarde.

Sentira tanto orgulho do espaço que abrira para ele, e agora não parecia suficiente. Prometeu a si mesma estudar o problema mais uma vez no dia seguinte. Precisava de mais araras. Mas John estava cansado demais para se incomodar. Ligou a tevê e deitou-se na cama, e Sir Winston ergueu a cabeça, olhou-o desesperado e pareceu desabar mais fundo na cama. Pelo menos não rosnou. John não tinha certeza se poderia dormir com o barulho que ele fazia, mas estava disposto a tentar, e sentia-se tão cansado naquela noite que na verdade não o incomodava. Adormeceu com a televisão ligada, e Fiona em seus braços. Era só o que queria. Quando acordou na manhã seguinte, ela tinha suco de laranja e café à sua espera, entregou-lhe o jornal e lhe fez ovos mexidos. O cachorro já saíra para o jardim.

Tudo ia bem no mundinho deles. A primeira noite transcorrera bem. Fiona sentiu-se imensamente aliviada quando saiu para trabalhar. E John lhe enviou flores naquela tarde. Adrian ergueu uma sobrancelha, quando as viu na mesa de trabalho dela.

— O cachorro não o enlouqueceu?

— Aparentemente, não. Dormimos como trigêmeos no útero. E eu preparei o desjejum para ele esta manhã — ela disse, orgulhosa.

— Quando foi a última vez que você fez isso?

— No dia das mães, quando eu tinha 12 anos.

Adrian sabia que ela detestava fazer qualquer outra coisa de manhã além de vestir-se e sair para o trabalho.

— Santo Deus — disse Adrian, revirando os olhos para o céu, como um menino numa reunião de renascimento —, só pode ser amor!

Capítulo 8

JOHN REVELOU SER TÃO ADMIRÁVEL quanto Fiona esperava que ele fosse. Até compreensivo quando ela lhe disse que tinha de ficar na cidade e trabalhar no seu primeiro fim de semana em casa. Tinha de supervisionar a sessão de fotos de Testino, e não podia de modo algum deixar de estar presente na locação. John disse que tinha um monte de trabalho a fazer, e até apareceu na sessão para ver como ela estava indo. Achou tudo fascinante, e preparou o jantar para quando ela chegasse em casa. Fazia bem mais de 37 graus, e ela passara o dia todo em pé na calçada, sob um calor abrasador. Depois que os dois tomaram banho juntos, ele fez uma massagem nela.

— Como cheguei a ser tão felizarda assim? — ela se perguntou, com um gemido de prazer, enquanto ele massageava as costas doloridas dela.

— Nós somos dois felizardos — ele disse, alegremente. Sentia-se tão feliz por estar morando com ela e ter companhia mais uma vez. Gostava dos aspectos ligeiramente cômicos da vida dela.

Tudo era novo para ele. — Levei Sir Winston para um passeio essa noite, depois que refrescou — ele disse tranqüilamente. — Tivemos uma longa conversa. Ele disse que me perdoa pela intrusão. Aparentemente, a única coisa que o incomoda é o medo de que eu me apodere do armário dele.

Ele a estava provocando, e ela gemia. Não tivera sequer um minuto para fazer qualquer coisa aquela semana. Ele comentara que seus ternos estavam amassados, e ele mesmo tivera de passar uma camisa de manhã antes do trabalho. Suas roupas vinham sendo devoradas pelas dela.

— Sinto muito. Esqueci totalmente. Juro que vou tirar mais coisas do armário amanhã.

Mas as araras no quarto de hóspede já estavam cheias. Ela ia ter de largar suas coisas na cama. Era um pequeno preço a pagar. E no dia seguinte, cumprindo a palavra, ela fez isso. Retirou todas as saias e calças de couro e as estendeu cuidadosamente na cama do quarto de hóspede. Ao menos deixou um espaço mais folgado para mais ternos e camisas. E ele parecia ter muitos. Ela estava feliz de que não fosse inverno. Não haveria de modo algum espaço suficiente para todos os paletós dele.

No fim de semana seguinte, eles foram aos Hamptons, e para grande deleite de Fiona ele alugou um barco por todo o mês de agosto. Não tão grande quanto o que haviam alugado em Saint-Tropez, mas apesar disso era um lindo veleiro, e divertiram-se à beça. Adrian até foi velejar com eles num fim de semana. E entre o barco, o trabalho e o encontro com alguns dos amigos de um e do outro, o verão parecia passar a toda por eles, além de ser um grande sucesso. Sir Winston acostumou-se com John. Jamal o considerava um verdadeiro cavalheiro, e em fins de agosto Fiona já abrira mão de quase metade de um armário. Àquela altura, já estavam trabalhando no número de dezembro, e todo o escritório parecia haver pirado. Era aquela época do ano. Natal em agosto para ela.

Como haviam planejado meses antes, John partiu para encontrar as filhas em São Francisco no fim de semana do Dia do Trabalho. Hilary terminara a residência, e Courtenay concluíra com sucesso seu trabalho no acampamento. John dissera a Fiona que ia contar às meninas sobre ela no fim de semana. A mãe delas se fora havia mais de dois anos, e ele não tinha a menor dúvida de que as filhas ficariam felizes por ele. Tanto a Sra. Westerman quanto a cadela eram esperadas de volta naquele fim de semana. O verão chegara ao fim. O cachorro na verdade fora de Ann. Fiona tinha fantasias sobre o encontro dos dois animais, que se apaixonariam na hora. E estava nervosa e entusiasmada com a perspectiva de conhecer as meninas. Oferecera-se para pegar todos eles no aeroporto na noite de segunda-feira. John considerou o plano maravilhoso.

Ele queria que os quatro fossem jantar naquela semana, para que Fiona conhecesse as filhas antes que elas voltassem para a faculdade. Iam ficar na cidade poucos dias apenas. Depois disso, ele e Fiona teriam de decidir o que iam fazer com seus arranjos de vida. Ela realmente não tinha mais espaço para ele, embora ele se sentisse feliz morando com ela, mas os armários continuavam sendo um pesadelo, e ela parecia não conseguir encontrar espaço para ele. E ele também achava meio estranho levá-la para o apartamento onde vivera com Ann. Tampouco se sentia seguro sobre como as meninas iam se sentir nessa situação. Continuava parecendo meio delicado para ele. Fiona dissera que a opção também a fazia sentir-se igualmente estranha. Ainda não tinham decidido isso, e falaram sobre a possibilidade de deslocarem-se entre as duas casas, embora isso criasse um problema para Fiona e seu cachorro. Ela não queria desenraizá-lo nem deixá-lo sozinho a noite toda em sua casa. Cedo ou tarde, sabia que os dois teriam de encontrar uma solução.

O mais importante é que estavam felizes e se davam bem, melhor do que ela já se dera com qualquer pessoa. Adrian entusiasmava-se com eles. E, no fim, Fiona decidiu passar o Dia do Trabalho em Nova York, em vez de ir para Martha's Vineyard, como fazia todo ano. Haviam viajado todos os fins de semana, e com John na Califórnia para o fim de semana ela queria arrumar algumas coisas e jogar fora outras em casa. Andara inexoravelmente ocupada o mês inteiro, e ia ser agradável simplesmente ficar em casa e relaxar. Foi com Adrian ao cinema uma noite. E na noite seguinte levou a antiga mentora para jantar. Era gostoso ter algum tempo livre sob seu controle. Tinha menos agora que morava não oficialmente com John. Os dois ficavam juntos o tempo todo, e se guardavam como dois pássaros amorosos. Até Adrian se queixou de que nunca mais a via. Mas isso era de esperar, agora que ela vivia com um homem. Como os tempos haviam mudado.

Sua primeira indicação de que as coisas não se saíam inteiramente de acordo com os planos em São Francisco foi quando John ligou, parecendo meio nervoso, e disse a ela que não precisava pegá-los no aeroporto. Iam simplesmente tomar um táxi para casa, e ele a veria no dia seguinte.

— Algum problema? — ela perguntou, sentindo-se como se tivesse uma pedra no estômago.

Seu instinto disse-lhe que sim.

— De jeito nenhum — ele respondeu calmamente. — As meninas apenas querem um pouco mais de tempo com o pai, e ficarão cansadas após o vôo. As duas querem conhecer você quando estiverem revigoradas.

Revigoradas? Parecia uma estranha escolha de palavra. Não iam chegar de um vôo de Tóquio, afinal, mas Fiona não discutiu. Comentou isso com Adrian quando o encontrou para almoçar no dia seguinte. Estavam sentados no jardim da casa dela revendo leiautes, e ela contou-lhe a conversa.

— Elas na certa não esperavam que ele encontrasse uma cara-metade séria tão cedo. Nem eu. — disse Adrian sorrindo.

— *Cedo?* Não namoro há dois anos — exclamou Fiona, sentida.

— Eu sei. Eu sei. Acho que todos nós esperamos que nossos amigos fiquem sempre à nossa volta, sem nada mais a fazer. É sempre um choque quando encontram alguém e desaparecem.

— Eu não desapareci — ela o tranqüilizou, e lhe deu um abraço.

— Eu sei disso. Mas as meninas talvez não sejam tão maduras quanto eu. Além disso, você é uma mulher, e por isso talvez a vejam como uma ameaça. E isso confirma para elas que a mãe se foi para sempre. As pessoas tendem a negar esse tipo de coisa, sobretudo os adolescentes.

— Como é que sabe tanto sobre isso?

Ela entendeu o que ele queria dizer.

— Não sei. Só estou adivinhando. Veja o que ele diz quando voltar.

Mas quando ela encontrou John na manhã de terça-feira para o desjejum, ele não falou muita coisa. E parecia tenso. Ela perguntou como tinha sido a viagem e ele respondeu:

— Maravilhosa.

Mas não a convenceu.

Beijou-a, mas não parecia muito feliz em vê-la. Mais que tudo, parecia nervoso e estressado. Disse que queria que ela fosse jantar no apartamento deles. Ia ficar lá aquela semana e as meninas voltariam para a faculdade durante o fim de semana. Ia levar Courtenay de carro para Princeton no sábado, e instalá-la no dormitório. Hilary ia mudar-se para a casa de uns amigos.

— E como está a Sra. Westerman? — perguntou Fiona benignamente, e John olhou-a com uma expressão de terror quando ela fez a pergunta.

— Está ótima — respondeu vagamente, e mudou de assunto.

Quando ela chegou ao escritório, parecia apavorada ao encontrar o amigo.

— Tem algum problema — disse a Adrian. — Acho que ele esqueceu a paixão por mim durante o fim de semana. Parece transtornado.

— Talvez tenha acontecido alguma coisa com as garotas. Dê-lhe uma oportunidade, Fiona. Ele vai contar quando as coisas se acalmarem. Vai voltar para sua casa depois que elas voltarem para a escola?

— Ele não disse.

Estava quase entrando em pânico, embora tentasse manter-se calma, mas nunca o vira tão estranho quanto nesse dia.

— Seria melhor começar a esvaziar seus armários. Não quer que ele se sinta confortável na casa dele de novo. Ou quer? — perguntou Adrian objetivamente, e ela abanou a cabeça, parecendo tomada de dor.

Apavorava-a a idéia de já o haver perdido, mas não podia ter acontecido tão rápido assim. Não fazia sentido para ela.

— Não, não quero — respondeu. — Quero que ele volte.

— Então simplesmente relaxe, e dê espaço a ele. Ele vai ficar legal, ele adora você, Fiona. Isso não muda da noite para o dia.

— Ele se apaixonou por mim da noite para o dia; talvez se esqueça de mim com a mesma rapidez.

— Você tem de se ajustar e fazer concessões. Vocês dois precisam de tempo para amadurecer nisso. Além do mais, têm vivido na Terra do Nunca o verão todo. Agora as filhas dele voltaram. Vocês retornaram para o tempo real, Fiona. Precisa se adaptar a isso, pelo menos até as meninas tornarem a ir embora. Veja como tudo vai desenrolar.

— Vou jantar com elas esta noite — ela disse, com um ar apavorado.

Ele nunca a vira assim em todos os anos que haviam sido amigos. Ela jamais tivera medo de qualquer coisa, e sem dúvida não de duas jovens. Nunca tivera medo de homens. Mas também era porque nunca ligara para o fato de perdê-los. Até então, sempre fora simplesmente feliz sozinha. Até John aparecer. Agora se importava. E tinha mais a perder.

— A que horas você vai se encontrar com elas?

— Às sete e meia. Na casa dele. A governanta está preparando o jantar. Nunca estive no apartamento dele e ele também não tinha voltado lá durante todo o verão, a não ser para pegar roupas, e nunca me dei o trabalho de ir com ele. Mas ele também não me convidou. Agora eu gostaria de ter ido. Lugar novo. Pessoas novas. Novo jogo. Que merda, Adrian, estou apavorada.

— Relaxe. Vai dar tudo certo.

Ele não acreditava no que via. A mulher que deixava metade da indústria de revistas aterrorizada, se não toda, estava louca de medo de uma governanta e duas adolescentes.

— Nem nunca vi a cadela dele.

— Pelo amor de Deus, Fiona, se ele consegue agüentar o seu, você deve ser capaz de ficar amiga de um pit bull. Dê uma oportunidade a todos eles. Tome um Valium ou algo assim. Tudo vai ficar bem.

Não tiveram chance de retomar a conversar durante o resto da tarde. Ficaram insanamente ocupados, às voltas com infindáveis reuniões e milhares de crises e problemas inesperados que afloraram. Pelo menos ela falou com John duas vezes entre as reuniões, e ele parecia normal de novo. Ela admitiu que estava nervosa com o jantar, e ele a tranqüilizou e disse que a amava. Depois disso, ela ficou menos preocupada. Era apenas a novidade de tudo aquilo, e nunca tivera de conhecer os filhos de ninguém antes, nem fazia muita questão. Estava em uma reunião com Adrian e quatro outros editores no fim do dia quando ele de repente a olhou. Desta vez parecia em pânico ao conferir as horas no relógio de pulso.

— A que horas você tem de chegar lá?

— Sete e meia. Por quê?

Ela o olhou sem expressão, três lápis enfiados nos cabelos.

— São 20h10. Levante já o rabo daí.

— Que merda! — Ela parecia tão em pânico quanto ele, com os editores os observando, sem saber do que se tratava. — Eu queria ir até lá em casa para me trocar.

— Esqueça. Lave o rosto e passe batom no táxi. Você está ótima. Vá! Vá!

Adrian enxotou-a da reunião, e ela saiu numa corrida mortal, desculpando-se vagamente, e ligou para John do celular já num táxi. Já eram 20h25. Estava quase uma hora atrasada, e pediu copiosas desculpas, explicando que perdera a noção de tempo numa reunião sobre uma crise séria que surgira relacionada ao número de dezembro. Ele disse que não se preocupasse, mas parecia tenso e aborrecido. E, quando ela chegou ao apartamento, entendeu por quê.

O apartamento em si era grande e belamente decorado, mas tudo ali parecia frio e convencional. E por toda parte viam-se fotos emolduradas da falecida esposa de John. A sala de estar parecia um santuário em homenagem a ela, além de um enorme retrato pintado numa das paredes, e de cada lado dele, o das filhas. Haviam mandado fazê-los pouco antes de ela morrer. Era uma mulher bonita, e tinha a aparência de uma debutante criada para ser uma personalidade da alta sociedade. Mesmo nas fotos, era fácil ver que não tinha nada da verve e do estilo de Fiona, nem era tão linda. Mas mostrava o visual santificado da esposa perfeita. O tipo de mulher que em geral chateava Fiona até as lágrimas, mas ela tratou de afastar esses pensamentos da mente e entrou no apartamento desculpando-se muito e explicando mais uma vez sobre a reunião. Estava quase em lágrimas. John beijou-a delicadamente no rosto e lhe deu um abraço.

— Está tudo bem — sussurrou. — Eu entendo. As meninas estão apenas um pouco transtornadas por causa da mãe.

— Por quê?

Ela o olhava sem expressão. A mente não funcionava, estava perturbada demais pelo atraso para entender o que ele dizia. Por que estavam transtornadas por causa da mãe? Ela não morrera dois anos antes?

— Porque elas acham que o fato de eu estar com você é uma traição a ela — ele explicou apressado, em voz baixa, antes de entrarem na sala de estar. — Acham que eu não a amava, porque quero estar com outra pessoa.

— Mas ela já se foi há dois anos — sussurrou-lhe Fiona de volta.

— Eu sei. Elas precisam de tempo para se adaptar.

E ela se atrasara uma hora, o que não ajudava muito. De repente, sentiu pena dele. Parecia que tivera dias difíceis. E tivera mesmo.

Quando Fiona atravessou a sala de estar, viu duas jovens de expressão severa sentadas rigidamente no sofá. Pareciam haver sido forçadas sob a mira de uma arma, e quase haviam mesmo. Ela vira pessoas com uma aparência mais feliz como reféns, e elas a encararam, sem remorso. Nenhuma das duas disse uma palavra sequer.

Fiona dirigiu-se à de aparência mais velha das duas, que imaginou ser Hilary, e estendeu a mão.

— Olá, Hilary, sou Fiona. É um prazer conhecer você — disse educadamente, tentando parecer ao mesmo tempo afetuosa e não ameaçadora.

A menina continuou com o olhar furioso e não estendeu a mão.

— Eu sou Courtenay. E acho nojento o que vocês dois andam fazendo.

Era sem dúvida uma forma de iniciar uma conversa. Fiona não soube o que dizer em resposta e imobilizou-se ali mesmo, enquanto John parecia prestes a desmaiar ou vomitar.

— Lamento que pense assim — disse Fiona com calma, finalmente encontrando o que dizer. — Eu entendo. Deve ser difícil para vocês duas. Mas eu não estou tentando tirar seu pai de vocês. Apenas gostamos de passar algum tempo juntos. Ele não vai a nenhum lugar.

— Não é verdade. Ele já foi. Morou com você o verão todo. O porteiro disse que ele só veio aqui pegar as roupas.

Fiona soube depois que a Sra. Westerman contara às meninas. A queridinha.

— Passamos algum tempo juntos, e ele na certa se sente solitário aqui sem vocês — disse, olhando então para a outra irmã.

John parecia arrasado pela conversa, como se fosse desatar em lágrimas. Não esperara essa reação das filhas, sentia-se penosamente decepcionado com elas e muitíssimo magoado. Fora leal e fiel à mãe delas e à sua memória, fizera tudo que pudera para salvá-la, ficara ao seu lado até o fim. E à disposição das filhas, sem reserva, desde então. Agora elas reagiam de má vontade a qualquer tipo de felicidade que ele pudesse ter com outra mulher, e haviam jurado detestar Fiona à primeira vista, o que fizeram. Além da razão.

— É um prazer conhecer você, Hilary — continuou Fiona, ali em pé, sem jeito, na sala de estar, e ninguém a convidava para sentar.

Parado a seu lado, John parecia arrasado. Vinha sujeitando-se a isso desde São Francisco, e fora totalmente inesperado. E implacável. Ele não tinha a menor idéia do que fazer com elas, ou no que ia dar aquilo. Mortificava-o que houvessem sido tão grosseiras com Fiona. Dissera-lhes que esperava ao menos que fossem educadas, e também que Fiona era uma mulher maravilhosa e que não era culpada pela morte da mãe delas. Nem ele. Mas elas haviam dito que mesmo assim o odiavam e odiavam Fiona, e choraram o fim de semana inteiro. E ele também. Agora estava perdendo a paciência e se enfurecendo com elas por serem tão irracionais. Hilary ignorava Fiona completamente. Era a mais bonita das duas, embora fossem quase idênticas e parecessem gêmeas. As duas eram louras de olhos azuis como a mãe, mas também tinham muito de John.

— Você duas parecem ter esquecido as boas maneiras — ele disse, severo. — Não há motivo algum para punir Fiona por sair comigo. Fui fiel à memória de sua mãe durante dois anos. Fiona não tem nada a ver com isso. É uma mulher livre e tem todo direito de sair comigo, e eu todo direito de ficar com ela, se quiser.

Mas, antes que qualquer uma das duas pudesse fazer algum comentário, uma senhora de olhar furioso, severa e magra, entrou na sala. Usava um vestido azul-marinho com avental, sapatos ortopédicos pretos e os cabelos puxados para trás e apertados num coque que quase parecia a Olívia Palito, sem charme. Fiona teve de combater uma esmagadora vontade de dizer "Sra. Westerman, eu presumo", mas felizmente não o fez. Em vez disso, John fez a apresentação por ela, e a Sra. Westerman recusou-se a reconhecê-la, apenas manteve os olhos fixos nele.

— O jantar está pronto há uma hora e meia. Vocês vão comer? — perguntou-lhe severamente.

Já eram nove da noite, e Fiona desculpou-se com ela também por estar atrasada, mas a velha se recusou até a olhá-la, e voltando sobre os calcanhares, saiu pisando com força em direção à cozinha. Estava claramente do lado das duas meninas e da falecida Sra. Anderson. Fiona não pôde deixar de se perguntar se a falecida esposa de John teria sido assim tão irracional. Era difícil acreditar no nível de hostilidade que recebia delas, e ainda mais difícil era entender.

John esperou as meninas se levantarem e as seguiu até a sala de jantar. Decididamente não ia ser um jantar nada fácil, e Fiona sentiu um desesperado pesar por ele, que ia fazer tudo para manter o navio à tona. Mas ela pressentia que iam jantar no Titanic, e estavam afundando rápido.

As meninas ocuparam seus lugares, e John indicou a Fiona uma cadeira a seu lado, com uma expressão de desculpa tomada de dor. E ela sorriu para ele para confortá-lo. De algum modo, ela sabia que iam chegar ao fim do jantar, custasse o que custasse, e depois poderiam conversar sobre isso com compaixão e humor. Estava decidida a ficar ali por ele, e tentava transmitir toda a força possível. E, quando olhava para ele amorosamente, a Sra. Westerman entrou na sala de jantar e botou com força a comida na mesa. O rosbife estava seco e completamente carbonizado, e as batatas em volta queimadas e duras. Os legumes, fossem o que fossem, estavam irreconhecíveis. Literalmente nada na mesa era comestível. Em vez de retardar o jantar quando Fiona se atrasou, ou tirar as coisas do fogão, a Sra. Westerman apenas deixara tudo cozinhando, para com isso dizer o que queria e registrar desaprovação à suposta traição do patrão. Prometera aliança às meninas quando elas chegaram de São Francisco na noite anterior, contara-lhes o que acontecera durante o verão, quando todas haviam partido, manifestara sua revolta e afirmara que tudo o que o pai delas vinha fazendo, fosse o que fosse, era pecado. Não queria trabalhar para um pecador. Avisara a elas que talvez se demitisse em breve, o que as assustara ainda mais. E dissera a John a mesma coisa quando ele chegara do trabalho naquela noite. Como as meninas, punia-o.

Fiona sabia que ela trabalhava para a família desde que Hilary nascera, 21 anos antes, e ia fazer tudo que pudesse para dificultar a vida dele. Não era apenas injusto, mas doentio.

— Que acham de pedirmos uma pizza? — sugeriu, tentando aliviar os ânimos, mas as duas meninas a olharam furiosas, quando a Sra. Westerman bateu a porta da cozinha e fez questão de fechar as portas dos armários ruidosamente durante toda a refeição.

— Eu não estou com fome mesmo — disse Hilary, e levantou-se, e Courtenay logo a seguiu.

Sem outra palavra ao pai, nem a ela, as duas foram para seus respectivos quartos. Ali sentada, Fiona olhou solidária para John e estendeu o braço para tocar-lhe a mão, mas ele parecia que tinha sido espancado, e mal pôde retribuir o olhar. Não apenas ficara arrasado com a forma com que o haviam tratado, mas profundamente envergonhado por ter exposto Fiona a tal cena.

— Sinto muito, querido — ela o consolou.

— Eu também — ele disse, a voz rouca, quase às lágrimas. — Não dá para acreditar que tenham se comportado dessa maneira, e também sinto pelo jantar. A Sra. Westerman era extremamente leal a Ann, que era maravilhosa, mas não há motivo para fazer isso com você. Lamento tê-la feito passar por isso.

— E eu lamento ter chegado atrasada, o que não tornou as coisas mais fáceis. Perdi totalmente a noção do tempo.

— Não teria feito nenhuma diferença. Elas ficaram assim desde que lhes contei no sábado. Achei que iam ficar felizes por nós, e por mim. Fiquei chocado e achei que teriam superado no dia seguinte, mas que nada, apenas pioraram.

De repente, temeu que aquilo significasse o fim do relacionamento deles, parecia assustada quando o olhou, e ele também notou. Era um homem decente, e enterneceu-se com ela. Levantou-se e a abraçou para tranqüilizá-la, no mesmo momento em que a Sra. Westerman abriu a porta da cozinha e deixou Fifi, a pequinês da família, entrar na sala. Fora o adorado animal de estimação da falecida Sra. Anderson e responsabilidade da Sra. Westerman desde então. Fifi parou no vão da porta, e ao ver Fiona e John abraçados, era difícil saber se achou que Fiona o estava atacando, mas sem parar para respirar voou direto da cozinha como um míssil em busca de calor, e pousou nos pés de Fiona. E, antes que algum dos dois percebesse o que estava acontecendo, Fifi enterrou os dentes com força total no tornozelo dela. Surpreendera-a mais que qualquer coisa, mas a cadela se recusou absolutamente a soltá-la, e Fiona se agarrou a John, que despejou o jarro d'água em Fifi e a empurrou para longe dela em direção à cozinha. A cadela saiu ganindo e encharcada. A Sra. Westerman gritou que ele estava tentando matar a cachorra, e saiu correndo para a cozinha, em lágrimas, com Fifi nos braços, sem nenhum pedido de desculpas a Fiona, que sangrava profusamente de uma sórdida feridinha.

John pôs-lhe um guardanapo e a sentou. Fiona tremia e se sentia totalmente ridícula pela confusão que estava causando. Mas o tornozelo não parava de sangrar, enquanto John fazia pressão na ferida, e depois a olhou infeliz, ajudou-a a saltitar até a cozinha e gritou uma advertência para que a Sra. Westerman prendesse a cadela. Mas ela já se retirara para o quarto com Fifi. Ouviram o animal latindo furiosamente do outro lado da porta. Tudo que ele queria era sair daquele inferno e voltar para a casa de Fiona, mas sabia que tinha de ficar pelo menos até as meninas voltarem para a faculdade. Nunca passara por nada assim. Examinou o tornozelo dela, e a sentou na bancada da cozinha, com o pé na pia, olhando-a sem graça e com pesar.

— Detesto ter de dizer isso, Fiona, mas acho que você precisa levar alguns pontos.

— Não se preocupe — ela disse calmamente, querendo melhorar o horror da noite para ele —, essas coisas acontecem.

— Só em filmes de terror — ele disse, com ar sinistro.

Amarrou uma toalha de cozinha em volta da perna dela e a ajudou a descer da bancada. Conduziu-a com cuidado para fora do apartamento, enquanto os dois viam o sangue logo manchar a toalha. Já a empapara completamente quando conseguiram um táxi, e o sangue escorria pelo pé dela quando John a levou para o hospital e a depositou numa sala de pronto-socorro com um olhar de descrença.

Quando o médico de plantão a examinou, afinal, disse que era uma ferida profunda e precisaria de pontos. Deu-lhe uma anestesia local, costurou-a e depois aplicou uma injeção antitetânica, pois ela não tomava havia anos, além de antibióticos e analgésicos para levar. Parecia meio esverdeada a essa altura. Não comera nada desde o café-da-manhã, e fora uma noite difícil. Sentiu-se tonta ao sair e teve de sentar-se por um minuto.

— Lamento ser tão fraca — desculpou-se —, realmente não é nada.

Tentava fazer a coisa parecer leve para ele, mas sentia-se péssima. O anestésico começava a perder o efeito, o tornozelo estava doendo horrores, e a ferazinha mordera com o máximo de força que pudera, quase tanto quanto as filhas. A cachorra era o alter ego delas... e da Sra. Westerman também.

— Nada? Minhas filhas foram horríveis, a governanta impensável, minha cadela a atacou e você acabou de levar oito pontos e uma injeção antitetânica. Que diabos quer dizer com nada? — Estava furioso e não sabia em quem despejar sua raiva. — Vou levá-la para casa — ele disse, infeliz, mandando-a não sair dali até ele encontrar um táxi.

Voltou cinco minutos depois, levou-a para fora e, quando chegou à casa dela, despiu-a, deitou-a na cama, deu-lhe os remédios e acomodou seu pé sobre um travesseiro. Desceu para pegar alguma coisa para os dois comerem e preparou uma xícara de chá para ela. Quando subiu com uma bandeja, ela já parecia melhor e ele tomou uma decisão. Disse a ela que tomara uma decisão, e ela o olhou apavorada esperando ouvi-la. Após uma noite como aquela, ele só podia ter chegado a uma conclusão, a de que tê-la na sua vida era simplesmente difícil demais. Sentou-se estoicamente enquanto ele arrumava os pensamentos e fitava a mulher por quem se apaixonara em Paris, ou até antes disso. Fora amor à primeira vista.

— Fiona, se você me aceitar, gostaria de me mudar para cá neste fim de semana, depois que levar Courtenay de volta a Princeton. Hilary parte na sexta-feira para Brown. Não vou ficar no apartamento com aquela mulher. Não há motivo algum para eu continuar lá. Quero ficar aqui com você. — Olhou o buldogue adormecido, que mal se mexera quando eles chegaram, e sorriu. — E com Sir Winston. As meninas terão simplesmente de se acostumar com isso. Vou para casa quando elas vierem passar os feriados ou os fins de semana. E espero que eventualmente você venha comigo. Vamos comprar caneleiras e uma arma de choque para usar na Sra. Westerman e na cachorra. Você me aceita? — ele perguntou quase humildemente, e ela desatou a chorar.

Tivera tanta certeza de que ele ia dizer-lhe que estava tudo acabado, e não queria perdê-lo. Lamentava muitíssimo que as filhas dele a odiassem. A governanta era outra história, e a cachorra era uma pequena fera. Mas ela se sentia verdadeiramente transtornada por causa das filhas dele.

— Tem certeza de que quer fazer isso? — perguntou, parecendo preocupada.

— Tenho, sim — ele respondeu firmemente.

Não tinha escrúpulos nenhum quanto a isso. E jamais ficara tão furioso com as filhas, nem tão decepcionado.

Ela não conseguia parar de chorar ao olhá-lo, e ele mais uma vez a tomou nos braços. Tivera uma noite infernal.

— Eu adoraria que você se mudasse para cá — disse, ainda sem conseguir parar de chorar quando ele a abraçou.

Era tanto de choque pelo que acontecera quanto de alívio por ele não querer abandoná-la.

— Então por que está chorando? — ele perguntou gentilmente.

— Porque vou ter de abrir mais espaço nos armários — ela respondeu, e riu por entre as lágrimas, e ele também.

Capítulo 9

FIONA ESTAVA SENTADA À SUA MESA de trabalho no dia seguinte quando Adrian entrou para vê-la, após uma reunião. Ela examinava fotografias numa caixa de luz atrás da mesa, e girou na cadeira quando ele entrou.

— Então, como foi?

Ele ficara morrendo de curiosidade a noite toda, e não tivera tempo de parar para falar com ela durante toda a manhã, e assim que teve, ela estava em reunião.

— Foi interessante — ela disse, evasiva.

— Que quer dizer com isso?

— Bem, a governanta me odiou e na certa tentou me envenenar, mas queimou o jantar de tal maneira que nem cheguei a comer. As meninas disseram que me detestavam, e não falam com o pai desde sábado, quando ele lhes contou. Recusaram-se a falar comigo, disseram que éramos nojentos e saíram batendo os pés da sala para os quartos, pois de qualquer modo não havia nada para comer. E depois a cadela me atacou.

Pelo menos sorriu ao contar isso. Não perdera o senso de humor.

— Você está exagerando, espero. Pelo menos sobre a cadela. Sério, foi tão grave assim? As garotas acabaram aceitando?

— Não. E também não estou brincando sobre a cadela. Levei oito pontos.

— Está falando sério?

Ele pareceu espantado, e com isso ela ergueu e apoiou a perna na mesa, deixando-a ali, envolta em grossa atadura, uma visão impressionante.

— Tomei uma injeção antitetânica e estou tomando antibióticos. A única boa notícia é que ele ficou tão arrasado que achei que ia terminar comigo. Em vez disso, vai-se mudar lá para casa este fim de semana.

Parecia maravilhada enquanto Adrian olhava sua perna, descrente.

— Oh, meu Deus, e o que vai fazer em relação aos armários?

— Vou ter de encontrar alguma solução. Talvez transforme a sala de jantar num gigantesco armário. Ou cubra o jardim. Só Deus sabe, mas vou ter de fazer alguma coisa. Pelo menos ele ainda me quer. Nossa, Adrian. As meninas foram mais que desagradáveis. Foram monstruosas, com ele principalmente, mas também foram horríveis comigo. E a governanta saiu direto de *Rebeca, a mulher inesquecível*, ou de algum filme igualmente assustador. Achei que ia me matar. Mas, em vez disso, ela deixou que a cachorra o fizesse. Graças a Deus eles não têm um pit bull.

— Que raça era?

Ele parecia preocupado. Mesmo da maneira divertida como ela relatou, era uma situação bastante terrível. E as filhas pareciam verdadeiras megeras.

— Um pequinês, graças a Deus. A maldita coisa não soltava os dentes da minha perna. John teve de despejar água nela.

— Nossa, Fiona, isso é terrível!

Ele ria, porque ela fazia parecer tudo muito divertido, mas a história o deixara apavorado.

— Foi horrível — ela admitiu, sentida. — Acho que não vou lá no Dia de Ação de Graças.

— Pode comer o peru comigo. Meus cachorros adoram você.

Tinha dois belos pastores húngaros que a adoravam. Quase a matavam de carinho sempre que a viam.

— Não sei o que John vai fazer. Talvez o tempo cuide disso. As filhas dele vão ser um problema. Ou pelo menos por agora. Elas acham que ele está traindo a memória da mãe delas.

— Que ridículo. Você disse que ela morreu há dois anos. Que é que elas esperam? Ele é jovem. Não pode se enterrar com a mãe delas.

— Eu sei. Mas elas não vêem assim. Acho que o querem só para si mesmas, mas nem estão lá. Estão fora na faculdade.

— Vão superar isso. Pelo menos ele não deixou que isso o abalasse, nem se virou contra você.

— Ao contrário, quando voltamos do hospital, ele me disse que queria se mudar para a minha casa. E isso também é meio assustador. Rápido demais. Só estamos juntos há dois meses e meio. Eu teria esperado um pouco mais, mas, por outro lado, gosto de viver com ele. E me acostumei a ele. Senti saudade o fim de semana todo.

— Ele consegue agüentar essa sua vida louca? Jamal, o cachorro, as tietes, eu, todas as pessoas à sua volta, as sessões fotográficas até altas horas, os prazos finais, todos os excêntricos com que você se relaciona? Ele parece muito conservador. Não o deixe de lado e não o enlouqueça. Você não pode viver como quando morava sozinha, Fiona. Vai ter de fazer alguns ajustes, sobretudo se ele vai realmente viver e não apenas "ficar" com você, como você mesma disse.

— Ele tem agüentado até agora e não vai abandonar o apartamento. Sempre pode ficar lá por um ou dois dias para um descanso, se precisar — ela disse, sendo prática, mas Adrian abanou a cabeça, desaprovando.

— Não o pressione até ele precisar de um descanso. Sei como você é. Gosta de fazer tudo à sua maneira. É sua casa, sua vida e seu cachorro. Eu também sou assim, e cometi o mesmo erro em todo relacionamento que tive. Esqueço de fazer concessões e ajustes, e mais cedo ou mais tarde eles vão embora. É melhor pensar nisso, Fiona.

Era uma advertência séria, e ela desconfiava que ele tivesse razão.

— Eu sei, eu sei — disse, sorrindo. — É difícil, às vezes. Já tenho meu jeito de ser.

— Isso não é desculpa. Todos nós podemos nos adaptar. E seria uma burrice perdê-lo. Acho que desta vez você iria sentir muito.

Ele tinha razão, e ela sabia.

— Sim, iria. Não quero perdê-lo. Mas com certeza não sei o que fazer em relação às filhas dele.

— Deixe que ele cuide disso. O problema é dele. Você não é casada com ele. — Então lhe ocorreu alguma coisa, e Adrian olhou-a mais atento. — Ou você está pensando em se casar com ele?

— Não. Por que deveria? Não quero filhos. Não preciso me casar. Eu já disse isso a ele no início.

— E ele acreditou?

— Acho que sim — ela respondeu, pensativa.

— E se ele precisa ser casado? Talvez seja mais conservador que você — disse Adrian sabiamente.

— A gente resolve isso quando chegar a hora. Mas por enquanto, pelo menos, não é uma opção — ela disse, firme.

— Por que não?

— Eu teria de abrir mão de armários demais. Além disso, as filhas dele me matariam.

— É uma possibilidade, pelo que parece. De qualquer modo, se mudar de idéia, me avise. Se algum dia me disser que vai se casar, eu talvez caia com o choque. Quero estar sentado quando me disser.

— Não se preocupe — ela disse confiantemente. — Não vai acontecer. Eu posso ter amolecido, mas não sou louca.

— Por que será que não acredito em você? — disse Adrian, abanando a cabeça, ainda descrente com a história que ela contara, e saiu do escritório.

Como prometera, John mudou-se no domingo. Levou Courtenay para Princeton no sábado e Hilary voltou de avião para Rhode Island na sexta à noite. Duas horas depois de voltar de Nova Jersey, chegava à casa de Fiona, com meia dúzia de malas e uma pilha de ternos no braço. E três caixas de papelão cheias de arquivos e documentos. Disse que traria o resto depois. Desta vez ela passou horas abrindo mais espaço para ele. Ainda não era suficiente, considerando o que ele trouxera, mas uma melhoria. No domingo à noite eram um casal feliz vivendo oficialmente juntos. As filhas tinham voltado para a faculdade, a Sra. Westerman tinha o apartamento todo para ela e Fifi governando o canil. Na casa de Fiona, ela e John sentiam-se à vontade e satisfeitos. Sir

Winston até abanava o cotoco de rabo quando o via. A transição fora surpreendentemente fácil. Começavam outro capítulo na vida deles. Tudo parecia mover-se com grande rapidez.

Tudo continuou em harmonia até o dia de Ação de Graças. Inevitavelmente, o problema veio à tona, e John e as filhas travaram uma enorme batalha sobre se iam ou não deixar que Fiona se juntasse a eles. As duas ameaçaram não ir para casa se ela fosse. Em deferência à família, Fiona insistiu em não ir, e após infindáveis batalhas com as filhas que não o levaram a lugar algum, John relutantemente concordou. Ela planejava passar o dia de Ação de Graças na casa de Adrian com um grande grupo de amigos dele, e disse a John que sinceramente preferia isso. Não via nada mais deprimente que passar o feriado entre pessoas que não a queriam lá. E, apesar de ele querer, as filhas, não. Para não falar na Sra. Westerman e em Fifi. Era uma situação absurda, mas o melhor que podiam fazer no momento. E ele ficou profundamente grato com a compreensão dela.

Fiona teve um dia agradável com Adrian e os amigos. John teve um dia de Ação de Graças solene, solitário, com as duas filhas e a governanta de expressão carrancuda servindo o jantar. A refeição foi tudo, menos feliz. Como ele e Ann eram filhos únicos e haviam perdido os pais ainda jovens, não tinham outros parentes com os quais comemorar. O feriado serviu apenas para fazer as meninas sentirem ainda mais a falta da mãe. Foi muito tristonho. No fim da refeição silenciosa, John enfrentou-as e lhes disse que estava farto de ser punido por elas, não apenas pela morte da mãe, mas também por seu relacionamento com Fiona.

— Não vou permitir que façam isso — declarou severamente, quando as duas começaram a chorar e lhe disseram que não queriam que ele esquecesse a mãe delas. — Como podem dizer isso? — ele reagiu, parecendo ofendido. — Eu a amava. Ainda a amo. Sempre amarei. Não poderia jamais esquecer os tempos felizes que partilhamos. Mas isso não quer dizer que, para me lembrar mais dela, eu tenha de ficar sozinho pelo resto da vida. Vocês duas agora se foram, estão na faculdade. Estou sozinho aqui. E quero estar com Fiona. Ela é uma mulher maravilhosa.

— Não, não é — cuspiu-lhe Hilary. — Nunca foi casada nem teve filhos.

— Isso não a torna uma pessoa má. Talvez não tenha encontrado o homem certo.

— Estava ocupada demais trabalhando — acrescentou Courtenay, como se a conhecesse, o que não era o caso.

Haviam feito todo esforço possível para não conhecê-la.

— Isso não é motivo para puni-la. Nem a mim. E é isso que vocês duas têm feito. Não é justo comigo.

— Você vai se casar com ela? — perguntou-lhe Hilary, parecendo em pânico.

Fiona fora considerada como a inimiga, e elas estavam decididas a detestá-la, sem qualquer motivo racional. Não tinham dado nenhuma oportunidade a ela, nem pretendiam dar. Mas ele não tinha a menor intenção de deixá-las dirigir sua vida.

— Eu não sei — respondeu francamente. — Acho que ela não quer. Gosta da vida dela como é. E talvez tenha razão. Depois da maneira como vocês se comportaram, por que ela iria querer uma família como nós, ou enteadas como vocês? É melhor continuar solteira.

As duas pareceram ligeiramente sem graça. Hilary admitira a uma das colegas de quarto na semana anterior que haviam sido péssimas com ela, e na verdade sentia-se orgulhosa disso. A irmã estava igualmente determinada.

— Nós não a queremos como madrasta — concluiu Hilary.

— Vocês podiam ter uma muito pior — disse John firmemente. — Muito pior. Ela é uma boa mulher. E a decisão não cabe a vocês. Cabe a mim. Vocês não são crianças. Têm 19 e 21 anos. Não precisam continuar assim para sempre. Se quiserem fazer isso, problema de vocês. Mas não vou deixar que arruínem minha vida.

— A gente não vem mais para casa nos feriados se você se casar com ela — disse Courtenay, petulante, parecendo uma menina de 5 anos, e não uma universitária no segundo ano em Princeton.

— Lamento ouvir isso. Talvez se vejam em circunstâncias um tanto diferentes — ele disse, ameaçando-a com sutileza, e as duas entenderam o recado.

— Você nos isolaria?

Testavam até onde podiam ir e, pelo que ele via, já haviam ido muito longe. Na verdade, longe demais.

— Eu não testaria esses limites se fosse vocês. Ficaria muito decepcionado se continuassem a se comportar desse jeito, se Fiona e eu nos casássemos.

O que ele disse nessa noite levou-as correndo para a cozinha, após o jantar, para uma consulta com a Sra. Westerman. Por tudo que o pai dissera, parecia que ia casar-se com Fiona.

— A gente a põe para fora em seis meses se ele se casar — disse a Sra. Westerman, confiante, enquanto as meninas ouviam.

Pareceu-lhes um bom plano. Gostaram da idéia de livrar-se dela em seis meses. Pelo menos não ficariam presas a ela para sempre, e teriam o pai novamente para elas. Era tudo que queriam. Se a mãe não estava viva, não queriam que ninguém mais tomasse o seu lugar. Jamais.

— E se ele despedir você? — perguntou Courtenay, parecendo nervosa.

Além do pai, ela era tudo que tinham agora, e sabia disso.

— Que despeça. Eu volto para Dakota do Norte e vocês podem ir ficar comigo sempre que quiserem.

Ela economizara algum dinheiro e herdara uma pequena casa ali. Ele não podia fazer nada a ela. Perdera o respeito por ele, de qualquer modo. Achava que o que ele vinha fazendo com aquela mulher não era cristão.

— Não queremos que você vá embora — disse Hilary, tristonha. — Queremos que fique aqui para sempre.

Mas a própria Sra. Westerman sabia que um dia se aposentaria e iria para casa. Qualquer dia as meninas iam amadurecer e se casar. Já estavam na faculdade. Não demoraria muito. E, se ela o impedisse de casar-se com aquela mulher, pelo menos teria cumprido seu dever com a falecida Sra. Anderson. Prometera a si mesma, depois que a patroa morrera, que ia impedi-lo de sujar a memória dela ou fazer alguma tolice. Devia-lhe pelo menos isso. E ia fazer o que fosse necessário para protegê-la. Ann Anderson fora uma mulher boa. E aquela outra mulher, atrás de quem ele vinha correndo, com quem andava dormindo e fazendo papel de bobo, bem, quem ou o que ela julgava ser, pelo que sabia a Sra. Westerman, não era ninguém. Enquanto Rebecca Westerman vivesse, Fiona jamais o teria. Fora um juramento solene que fizera e manteria a qualquer custo.

Capítulo 10

APESAR DA TENSÃO ENTRE JOHN e as filhas, as coisas transcorriam admiravelmente em paz entre Fiona e ele. A acomodação que faziam para viver juntos em tempo integral parecia tranqüila, e ela tentava manter à parte o caos na sua vida, para não aborrecê-lo. Tentava fazer Jamal vestir-se mais respeitosamente e não circular pela casa passando o aspirador de sarongue e tanga. Quando as pessoas apareciam inesperadamente, como faziam havia anos, ela sugeria que telefonassem antes de chegar.

Não usava mais a casa para sessões fotográficas, não a cedia mais para pano de fundo, como fizera antes, nem permitia mais que fotógrafos de fora da cidade se hospedassem lá. Vinha, antes de mais nada, tentando respeitar John. Ele levava uma vida diferente da dela, e não podia ser mais exatamente tão livre e acessível como quando morava sozinha. Aceitara o conselho de Adrian, e queria que John fosse feliz. O único ponto em que estabeleceu limites foi em relação a Sir Winston. Não ia mudar hábitos do cachorro, que continuava dormindo em sua cama, e era mimado como qualquer criança. Mas felizmente John passara a gostar do cachorro e o achava divertido. Ela só ficara com uma minúscula cicatriz no tornozelo, cortesia de Fifi. Jamais voltara ao apartamento dele. Achava deprimente, de qualquer modo. Ele só ia lá quando uma das filhas vinha à cidade para passar o fim de semana, o que era raro. Viviam ocupadas na faculdade. Nunca falavam em Fiona, e tampouco ele. Mas ainda considerava isso uma situação infeliz e queria mudá-la. Apenas não sabia como convencê-las, ou vencê-las. A Sra. Westerman mantinha as brasas quentes e as chamas ardendo sempre que falava com elas. Lembrava-lhes que acima de tudo a lealdade delas tinha de ser para com a mãe. Era uma vingança que a governanta estava decidida a levar até o fim. E após os anos de dedicação e lealdade às filhas, ele não teve coragem de mandá-la embora para Dakota do Norte, embora desejasse fazê-lo. Como a cadela pertencera a Ann, também não teve coragem de fazer nada com Fifi.

Planejava ficar no apartamento com as meninas uma semana durante o Natal. Depois, Hilary e Courtenay iriam esquiar em Vermont com os amigos, e ele e Fiona para o Caribe passar o Ano-Novo. Iam ainda a Saint Bart's e na volta parar em Miami. Ele tinha um importante cliente ali, e ela queria visitar South Beach para a revista. Planejavam ficar fora duas semanas. Ele já prometera passar a véspera de Natal com Fiona e o dia 25 com as meninas. Era uma forma infernal de viver, mas não tinha outra opção por enquanto. Uma tênue paz entre dois campos, mas nada era perfeito. Sua vida com Fiona era o mais próximo a que já chegara em termos de verdadeira felicidade. Sentia-se realmente feliz com ela. E Adrian dissera que ela nunca parecera tão bem. O trabalho transcorria bem para os dois, e apesar da inconveniência tiveram um bom Natal.

A véspera de Natal ele passou com Fiona, foi uma noite tranqüila e perfeita, e depois que ela se deitou ele voltou para o apartamento, e estava lá quando as filhas acordaram de manhã. Sentiu falta de Fiona a noite toda, mas era um sacrifício que se dispunha a fazer pelas filhas. Para sua grande tristeza, elas nunca lhe agradeceram sequer uma vez. Ele e a Sra. Westerman mantinham uma distância reservada. Ela o olhava como se ele fosse a encarnação do diabo.

Mas pelo menos passou um agradável dia de Natal com as meninas. Elas adoraram os presentes que ele comprara para elas, e cada uma se esmerara muito para encontrar uma coisa significativa para ele. Os dias de Natal agora, porém, eram sempre maculados pela ausência da mãe. E tarde da noite, depois que as duas saíram com amigos, ele deu uma fugida para visitar Fiona. Sempre que não estava com ela, sentia realmente sua falta. Encontrou-a dormindo com Sir Winston quando chegou. Egoisticamente, não conseguiu resistir e a acordou para fazer amor. Depois tornou a partir para o apartamento onde ficava com as filhas. Mas a casa de Fiona era seu lar agora. Sabia que não podia viver assim por muito mais tempo. Era uma vida dividida, aquele deslocamento de um lado para outro parecia sem sentido. Vinha pensando muito nisso recentemente, e só conseguiu encontrar uma solução. O que não sabia era como Fiona ia reagir.

No dia seguinte ao Natal, as meninas partiram para Vermont, e naquela noite ele e Fiona tomaram o avião para Saint Martin e depois foram de monomotor até Saint Bart's. Hospedaram-se num lindo hotel francês, e a estada foi maravilhosa, com o calor, o sol e tempo bom. Outras férias perfeitas, o que apenas serviu para fortalecer a decisão dele e lhe dar coragem. Não queria ser precipitado, mas também queria saber em que terreno estava pisando agora. Não queria estar apenas de passagem. E na véspera do Ano-novo, quando fez um brinde a ela, Fiona viu uma coisa estranha nos olhos dele e de repente ficou receosa.

— Você está bem? — perguntou, com um ar preocupado.

Haviam ficado na praia o dia todo e feito amor naquela noite antes de saírem para jantar.

— Ótimo. Quero lhe perguntar uma coisa.

Ela não imaginava o que pudesse ser, e achou que ele ia provocá-la sobre alguma coisa. John tinha um senso de humor malicioso, assim como ela.

— Quer saber se amo mais você ou Sir Winston, aposto. Você sabe que essa simplesmente não é uma pergunta justa. Eu e ele estamos juntos há mais tempo. Mas eu amo você quase tanto. Com o tempo, quem sabe, posso vir a amá-lo tanto quanto a Sir Winston — ela o provocou.

— Quer se casar comigo, Fiona?

Ela viu nos olhos dele que ele estava falando sério. Abriu e fechou a boca e o fitou com óbvia consternação.

— Droga. Você está falando sério, não?

— Sim, estou. Não é exatamente a resposta que eu esperava.

Parecia preocupado e sombrio.

— Por que fez isso? Por que me pediu em casamento? — Ela parecia chateada, e ele também. — Eu lhe disse desde o início que não preciso me casar. As coisas estão ótimas desse jeito. Se eu me casasse com você, suas filhas iam contratar alguém para me matar.

E sua governanta ia invocar o Cão dos Baskervilles para cima de mim. Não preciso disso. Nem você — acrescentou, tristonha.

Não era a resposta que ele esperara.

— Elas não têm nada a ver com isso. Diz respeito só a nós. A Sra. Westerman é uma empregada. E minhas filhas vão ter de aceitar que eu tenho o direito de ser feliz e de ter minha própria vida. Têm as delas agora. Não se preocupe com elas. E você? Que é que você quer? Você me quer?

Não podia ter-se expressado em termos mais simples, e isso a comoveu.

— Claro que sim. Mas eu já o tenho — disse ela, honestamente. — Será que precisamos de documentos para provar isso?

— Talvez sim. Acho que sim — ele disse francamente. — Não gosto de simplesmente acampar na sua casa, me sentindo como um hóspede, tentando encontrar um armário vazio. Além disso, acho que jamais conseguirei um armário decente naquela casa, a não ser que mande fazer um, e é grosseiro fazer isso na casa de outra pessoa. É um problema sério. — Pelo que Fiona sabia, o casamento também era. Muito sério. Muito mais do que ela gostaria que fosse.

— Se eu deixasse você mandar fazer um armário, ainda ia querer se casar?

Ele via que ela parecia assustada.

— Por que tem tanto medo do casamento?

Nunca entendera isso. Mas ela tinha fobia ao casamento.

— Quando as pessoas se casam, abandonam umas às outras e morrem. Magoam e decepcionam umas às outras. Vão embora. Quando apenas vivem juntas, simplesmente se enchem umas das outras num determinado ponto, mas não causam tanto estrago quando se separam.

Tudo tinha a ver com o pai que as abandonara, ele sabia, mas agora era ainda mais profundo. Ela não queria pertencer a ninguém, nem se arriscar a perder alguém que amava. Queria continuar vivendo leve e solta. O casamento parecia uma prisão muito forte para ela, e temia se sentir sufocada. Mesmo a situação com as filhas dele se tornaria pior se eles casassem, se agravaria mais. Agora, era um problema só dele; casados, também seria dela. Assim como viviam, ela se solidarizava com ele, e apenas ignorava a situação. Se fosse casada com ele, o problema também seria dela.

— Eu gosto de ser casado — ele disse francamente. — Gosto do que significa. Significa que acredito em você e vou amá-la para sempre.

— Não existe para sempre — ela disse em voz baixa.

A falecida mulher dele provara-lhe isso. As pessoas vinham provando isso a ela durante toda a vida dela. Não existia para sempre. Existia apenas agora. E isso eles já tinham. Ela não queria acreditar em para sempre, com ninguém. Isso só acabaria por magoá-la.

— Existe, sim, Fiona. Ou bem próximo. Eu quero ficar com você para sempre.

— Você fala isso agora — ela respondeu, tranqüilamente —, você acha que existe. Mas um dia, se ficar furioso comigo ou se encher de mim, vai embora. E, se for, é mais simples assim como estamos.

— Essa é a fé que tem em mim? — ele perguntou, entristecido.

— Em você, talvez, mas não na vida. A vida não nos dá nada para sempre. Não é assim.

— Eu nunca abandonei ninguém na minha vida. E não vou abandonar você. Não sou esse tipo de pessoa — ele disse delicadamente.

— Isso é o que você diz agora. Mas quem sabe o que vai dizer depois? Eu prefiro desse jeito.

Simplesmente não podia se casar. Não via um motivo para isso. Por que estragar uma coisa boa com o risco de casamento? Era assustador demais. Mas tampouco queria magoá-lo, e se sentia lisonjeada por ele tê-la pedido em casamento.

— Eu não quero ser um hóspede na sua casa para sempre. Quero ter alguma coisa com você, dividir uma vida com você.

Ele não queria dizer nem queria assustá-la ainda mais, mas gostaria até de ter filhos com ela. Porém sabia o que ela pensava disso. Queria apenas casar com ela, o resto podiam resolver depois. Não queria assustá-la mais do que já estava, pois via terror nos olhos dela.

— Pelo menos vai pensar na proposta?

— Por quê?

— Porque eu a amo. E quero me casar com você.

— É uma coisa tão tola. Um cara nos dizendo palavras num ritual não vai nos fazer amar mais um ao outro, nem o uso da aliança que você me der. Eu já o amo.

Ele tinha uma no bolso, mas não quis dizer nem apavorá-la de vez. Jamais conhecera uma mulher como ela, mas era por isso que a amava.

— É a promessa. O compromisso. Uma forma de dizer ao mundo que acredito em você e você acredita em mim, e nos orgulhamos um do outro.

— Eu *me* orgulho de você. Não preciso ser casada com você para me orgulhar de você.

— Talvez eu precise.

Ele não tornou a tocar mais no assunto depois disso, e fizeram amor quando voltaram para o quarto à noite. Em seguida ele adormeceu ao lado dela, e ela ficou ali deitada na cama, pensando no que ele dissera, tentando imaginar como seria ser casada com ele. Pela primeira vez, por alguma estranha razão, pareceu confortável, em vez de assustador. Então pensou nò que lhe dissera Adrian, sobre compromisso, e talvez, se isso significasse muito para ele, e verdadeiramente não fizesse diferença para ela, era uma coisa que valia a pena. Continuou deitada pensando nisso a noite toda, e adormeceu afinal quando o sol surgiu, e pela manhã se sentiu estranhamente em paz.

Deitado ao seu lado, ele a estava observando quando ela acordou, e ela sorriu. Jamais amara alguém como o amava, e talvez ele tivesse razão. Ela não precisava da papelada, mas talvez fosse o certo a fazer, ficar ao lado dele e anunciar ao mundo o quanto o amava. Mais que tudo, porém, sabia que era uma maneira de dizer a ele a única coisa que jamais dissera a alguém, e jurara jamais dizer, uma maneira de dizer "eu confio em você". Era a essência disso para ela. Amara alguns homens na vida, mas jamais confiara em nenhum, e confiava nele. Talvez agora fosse a hora de provar isso.

— Você se lembra do que me pediu ontem à noite? — sussurrou, deitada ao lado dele.

— Hmmm... sim.... — Ele sorriu. — Acho que me lembro. — Esperava mais um dos discursos dela sobre o motivo de não precisar do casamento. — Que é que tem?

— Acho que eu gostaria de aceitar — ela disse, a voz tão baixa que ele quase não a ouviu.

— Sério? — ele sussurrou de volta.

Não tinha a menor idéia do que a fizera finalmente concordar. Sentia-se aturdido.

— É. Acho que sim. Talvez não seja uma idéia tão ruim assim. Só uma vez. Com você. Em termos gerais, é contra os meus princípios, mas por você eu estou pensando em fazer uma exceção.

— Muito bem. — Ele sorria feliz. Ela só teria de ser corajosa uma vez. Em geral, era a melhor maneira. Uma vez apenas. — Quer mesmo casar comigo, Fiona?

Depois de tudo que ela dissera para tentar dissuadi-lo, ele mal ousava acreditar.

— Sim, acho que sim. A não ser que eu recupere meus sentidos.

— Talvez a gente deva se casar logo, antes que isso aconteça.

— Em quando está pensando?

— Quando você quiser.

Ele queria tornar tudo o mais fácil e indolor possível para ela.

— Talvez daqui a algumas semanas, depois que chegarmos em casa. Só nós dois. E talvez Sir Winston.

— Vou ter de me casar com o cachorro também?

— Com certeza. — Ela pareceu falar sério, e ele não quis discutir. Sentia-se emocionado e feliz demais. — Vai contar às suas filhas antes?

Estava compreensivelmente preocupada.

— Acho que não. Elas não vão querer ir ao casamento. Prefiro contar depois. O que você acha?

— Acho melhor assim. A gente pode fazer uma festa ou qualquer coisa depois. Mas acho que quando cometermos realmente "o ato" — ela detestava até dizer a palavra — deverá ser uma coisa particular.

— Marque o dia, e estarei lá — ele disse, e a abraçou.

Depois, levantou-se, tirou a aliança do bolso e a deslizou no dedo dela. Ela ficou na cama olhando-a maravilhada e aturdida, e lágrimas escorreram devagar pelo rosto dela quando olhou para ele. Ela afinal ousara, e afinal confiara nele o suficiente para casar com ele. Ou melhor, confiaria nele, em breve. Só conseguiu ficar ali na cama e abraçá-lo, sabendo o quanto o amava. Sentia-se como se houvesse acabado de chegar em casa, ao encontro de alguém com quem se sentia verdadeiramente segura. Sabia que podia confiar àquele homem todo seu coração, e sua vida, indubitavelmente.

Capítulo 11

O DIA DO CASAMENTO FOI TÃO SIMPLES e fácil quanto eles poderiam planejar. Um dia depois do trabalho, eles se encontraram para providenciar os documentos. Depois Fiona marcou uma hora com um sacerdote que conhecia e, numa tarde de sábado em janeiro, ela e John foram a uma igrejinha de que ela sempre gostara no Village. Tomaram um táxi para o centro, e ela levou Sir Winston com ela. Não era o casamento que John teria planejado, mas foi exatamente o que Fiona queria. Ela desceu a escada vestindo um terninho branco e um casaco de pele que usava raramente, e deixou os cabelos longos e sedosos soltos. Jamais parecera tão linda como quando trocaram os votos na igrejinha, e ele pôs uma simples aliança de ouro no dedo dela. Quando ela ergueu os olhos para ele, acreditava de verdade, afinal, que pertencia a ele para sempre, e ele a ela. Ela nunca tinha imaginado o quanto isso podia significar para ela. Para Fiona, era uma promessa que jamais seria quebrada, e ela sabia que para ele essa promessa era igualmente poderosa, e por isso se casara com ele. Era uma promessa solene em que ambos acreditavam. Quando chegaram em casa naquela tarde, simplesmente ficaram sentados por algum tempo, tomando champanhe, e de repente ela começou a rir.

— Não consigo acreditar que eu tenha feito isso — disse, descrente.

— Nem eu. Fico muito feliz por ter feito. *Termos* feito — ele corrigiu.

Decidiram só ligar para as filhas dele na manhã seguinte. Não queriam que nada estragasse a ocasião.

Passaram a noite na cama, abraçados, fizeram amor, e tudo em volta parecia tranqüilo e calmo. Quando acordaram de manhã, nevava e uma bela manta branca cobria o mundo todo.

Prepararam o café-da-manhã e depois saíram para passear com o cachorro. John não parava de olhar para ela, entretido.

— Aliás, como é seu nome agora? Só para eu saber quando a apresentar.

— O que você acha? Fiona Anderson soa muito estranho? Fiona Monaghan-Anderson parece pretensioso demais. Veja bem, vou experimentar Anderson por algumas semanas e, se gostar, fico com ele.

— Parece uma decisão sensata. Tenho de admitir que espero que você goste.

— A gente podia trocar de nome — ela disse, sentindo-se inebriada.

Depois que voltaram para casa, ela telefonou para Adrian, e ele subiu para telefonar para as filhas. Os dois telefonemas foram previsíveis. Adrian ficou fora de si, emocionado além da conta, e as duas meninas foram sórdidas com o pai. Ele sabia que elas haviam esperado detê-lo com suas extravagâncias, e se horrorizaram ao descobrir que não conseguiram. Mas nada podiam fazer agora. Ele se casara com Fiona, e esperava que elas fizessem as pazes com isso, mas, mesmo que isso não acontecesse, nada mudaria. Fiona não fez muitas perguntas sobre a conversa depois que ele desligou. Não esperara que reagissem de outro modo. Adrian perguntou-lhe se ela ainda iria a Paris para os desfiles de alta-costura em janeiro.

— Claro que sim. Eu não larguei meu emprego, apenas me casei — ela respondeu.

Levara nada menos que 42 anos para fazê-lo, e era inteiramente surpreendente.

Mas mal tiveram tempo para comemorar. Fiona disse que já haviam tido a lua-de-mel antes do casamento, quando foram para o Caribe. Partiu para Paris dez dias depois, para os desfiles da coleção primavera/verão. E logo depois de voltar tiveram os desfiles prêt-à-porter durante a semana de moda de Nova York. Uma semana infernal, como ela a descreveu. Trabalhava constantemente, e mal viu John durante todo o primeiro mês de casados. Os dois nem tiveram tempo de planejar uma festa. E então, quando as filhas voltaram para casa, ele lhes disse que podiam ficar com ele na casa de Fiona, ou ele e Fiona iriam para o apartamento passar o fim de semana, mas não queria mais ir sozinho vê-las.

E, para horror de Fiona, as meninas aceitaram relutantemente a idéia de que ela fosse com ele, e John na verdade implorou para que ela ficasse com ele no apartamento dele durante o fim de semana. Ela sabia como era importante para ele, era só um daqueles medonhos sacrifícios de que Adrian falara, que fazia toda a diferença, e por isso acabou aceitando. Foi quase tão desagradável quanto esperava.

As meninas mal falaram com ela, e quando o fizeram, foram presunçosas e megeras, mas ao menos a toleraram lá, o que já era uma melhoria. A maldita Sra. Westerman quase a envenenou com um curry demasiadamente apimentado que quase a matou e, para grande horror e descrença de John, "acidentalmente" deixou Fifi sair da cozinha; a cachorra precipitou-se direto para a perna esquerda de Fiona e tirou um naco do tornozelo esquerdo, em vez do direito. Desta vez, ela só precisou de quatro pontos. Adrian olhou para ela totalmente estupefato quando a viu na manhã de segunda-feira.

— De novo? Você é louca? Quando vão sacrificar essa cachorra?

— Achei que John ia matar a governanta. Gritou tão alto com ela que as duas meninas começaram a chorar, e ela ameaçou se demitir. Talvez eu tenha de levar uma arma de choque da próxima vez que as meninas vierem de visita.

— Espero que não venham com freqüência. Ele demitiu a governanta?

— Não pode. As filhas a adoram.

— Fiona, ela está tentando matar você.

— Eu sei. Morte por curry fatal. Ainda estou com azia por causa daquele curry. Graças a Deus a cadela é pequena demais para pular na minha garganta; do contrário, teria pulado. Eu só tenho de tirar o melhor proveito disso. Eu o amo.

— Não tem de gostar da cachorra, da governanta e das filhas dele.

— Esse é um desafio muito maior — ela confessou. Afinal, John mais uma vez ficou mortalmente envergonhado.

Além de ter sido um fim de semana bastante terrível, ele já vinha sofrendo muito estresse no escritório. Fiona estava ainda mais ocupada então do que em meses. Todo o pessoal da revista parecia enlouquecido. Pessoas haviam ido embora, o formato mudara, a nova campanha publicitária vinha causando problemas e tivera de ser reestruturada, o que era mais um dos problemas de John, e dela também. Um fotógrafo processara a revista. Uma top model tivera uma overdose numa sessão fotográfica e quase morrera, atraindo imensa publicidade negativa. Fiona só conseguia chegar em casa às dez toda noite, e tinha de viajar mais que de hábito. Fizera três viagens a Paris num único mês, e no seguinte tivera de ficar em Berlim por duas semanas, e depois precisara tomar um avião de volta a Roma para uma importante reunião com Valentino. John queixava-se de que nunca a via, e tinha razão.

— Eu sei, meu bem, sinto muito. Não sei o que está acontecendo. Parece que não consigo acalmar as coisas. Toda vez que resolvo um problema, sou atingida por outro.

O escritório dele não estava melhor do que o dela. A agência mais uma vez estava trocando de mãos, e isso lhe vinha causando enormes problemas. Em abril, uma das filhas dele engravidara e contara para ele que fizera um aborto. Culpara-o, dizendo que se ele não se houvesse casado com Fiona ela não teria ficado tão enlouquecida nem descuidada com o garoto com quem dormia. Era ridículo culpá-lo, mas ele de algum modo se sentiu culpado, culpou a si mesmo, e indiretamente, depois de beber demais numa noite, culpou Fiona, o que muito a chocou.

— Você acredita mesmo nisso? Que o aborto de Hilary e a gravidez são minha culpa? — Ela o encarou descrente.

— Eu não sei no que acreditar. Nós as deixamos totalmente transtornadas. E droga, Fiona, eu nunca mais vejo você.

Parecia mais infeliz com isso.

— Que tem isso a ver com alguma coisa?

— Eu me sinto morando com uma aeromoça. Você chega aqui para trocar de roupa e arrumar outra mala. E parte de novo. E eu fico preso aqui com a porra do seu cachorro e aquele lunático seminu que circula pela casa de calção de lamê dourado, quando volto para casa do escritório. Preciso de um pouco mais de sanidade aqui do que tenho encontrado. Preciso voltar para uma casa normal depois de todo o estresse que tenho no escritório.

— Então devia ter-se casado com uma pessoa normal — ela lhe devolveu ofendida.

As coisas que ele lhe dissera haviam sido muito dolorosas.

— Achei que tinha casado. Não posso viver com todo esse caos.

— Que caos?

Ela mal recebia mais. Seus jantares haviam-se reduzido a nada, porque não queria aborrecê-lo. E prometeu dizer a Jamal que andasse mais vestido. Já lhe dissera antes, mas sempre que ela não estava em casa ele fazia o que queria. Mas não havia mal nenhum nisso, e ele era um amor de pessoa.

Adrian notou como ela estava furiosa quando chegou ao trabalho uma manhã, e ela contou o que acontecera. Ela e John haviam simplesmente tido outra briga por causa de Jamal.

— Eu disse que você precisava fazer concessões. Compre um uniforme para Jamal e mande-o usar.

— Que diferença isso faz? Quem se importa com o que ele usa quando passa o aspirador?

— John — respondeu Adrian, severo. — E que você fez em relação aos armários?

— Não tive tempo para fazer nada. Há três meses que não saio de aviões. Não tive uma folga, Adrian, e você sabe disso.

— Bem, é melhor fazer alguma coisa. Se não quer perdê-lo.

— Eu não vou perdê-lo — ela disse, confiante. — Somos casados.

— Desde quando isso dá garantia a alguém?

— Bem, devia dar — ela disse, parecendo inflexível. — É isso que os votos do casamento deviam significar, não é?

— Claro, se você se casar com um santo. Com seres humanos, a garantia pode expirar, Fiona; as pessoas ficam impacientes.

Ele estava tentando adverti-la.

— Tudo bem, tudo bem, vou dar um armário a ele. De qualquer modo, para que ele precisa de um armário? Deixou a maioria das roupas no apartamento. Junto com as da mulher, e aquele retrato dela que eu detesto. Tivemos uma briga sobre isso outro dia. Ele quer trazê-lo para minha casa, para que as meninas se sintam em casa lá. Tenha santa paciência, por que, em nome de Deus, eu ia querer viver com o retrato da mulher dele?

— Concessão, concessão, concessão! — Adrian brandiu-lhe um dedo. — Ele tem razão. Isso talvez fizesse as filhas gostarem mais de você. Pode pôr no quarto delas. Não precisa vê-lo.

— Não vou transformar minha casa num santuário para a falecida mulher dele. Eu também não consigo viver assim.

— O primeiro ano é sempre o mais difícil — disse Adrian calmamente, porque não era ele quem tinha de fazer concessões.

Mas tampouco Fiona. Ela queria manter tudo como fora, e toda vez que John trazia ou mudava alguma coisa ela tinha um ataque quando chegava em casa do escritório. Dissera a Jamal que não o deixasse mudar nada. Por isso tiveram uma enorme briga quando ela estava em Los Angeles, supervisionando uma sessão de fotos de Madonna. Ele queria pôr alguns livros na biblioteca, e Jamal não deixou. John ligou para ela e ameaçou mudar-se para seu apartamento se ela não chamasse a atenção de Jamal. Era a primeira vez que fazia isso, e ela ficara assustada e dissera a Jamal para deixá-lo fazer o que quisesse. Jamal discutiu com ela no telefone, pois apenas cumprira ordens, e ela quase ficou histérica e aos gritos com ele e disse a ele que deixasse John fazer o que quisesse e não criasse mais problemas. Jamal telefonou-lhe naquela noite às lágrimas e ameaçou se demitir, e ela implorou que ele não fizesse isso. Queria pessoas, lugares e coisas familiares à sua volta. De repente, tudo estava mudando. Tinha duas enteadas que não suportava e um homem que queria deixar uma marca em sua vida, e tinha o direito de deixar. Mas após toda uma vida fazendo as coisas à sua maneira, e controlando o ambiente em que vivia, sentia cada mudança que ele queria fazer como um ataque pessoal. Até ver os livros dele na biblioteca a enervavam um pouco. Ele pusera alguns dos livros dela na última prateleira, a fim de abrir espaço para os dele.

Era como se ultimamente vivessem às turras, discutindo, gritando e acusando. A Sra. Westerman ameaçara demitir-se, John pensava em vender o apartamento, e as filhas ficaram revoltadas. Se de fato o vendesse, Fiona sabia que as filhas iam ter de ficar em sua casa. Acontecesse o acontecesse, não estava disposta a aceitar a pequinês. Ameaçara matá-la se ele a levasse para sua casa. Ele comentara alguma coisa sobre isso com Hilary e Courtenay, e agora as duas a detestavam mais ainda. Era um infindável círculo vicioso de mal-entendidos, informações errôneas, nervos à flor da pele e situações constantemente estressantes para todos os envolvidos.

Em abril, tudo deu uma dramática virada para pior, quando John lhe disse que estava organizando um jantar para um novo cliente. Queria fazê-lo no Le Cirque, numa sala reservada, e pediu ajuda a elas. A secretária dele não era boa nesse tipo de coisas, e pareceu-lhe razoável pedir a Fiona que lhe desse uma mão. Só queria que reservasse o local, escolhesse o cardápio, encomendasse as flores e o ajudasse na disposição dos lugares. Tinha de convidar várias pessoas da agência, e pelo menos um membro do pessoal da criação, um grupo meio destoante. Conhecia muito bem o cliente, mas jamais vira sua mulher, e confiava no discernimento de Fiona sobre os detalhes, e em como distribuir o grupo. O cliente era um homem extremamente bronco do interior, e o mais distante do mundo dela possível.

A primeira coisa que ela fez foi insistir para que o jantar fosse em sua casa. Disse que teria um toque mais pessoal e seria consideravelmente menos sufocante. Insistiu em que deixaria todo mundo à vontade, em vez de fazer isso num restaurante, que lhe parecia mais impessoal, embora os dois adorassem o restaurante Le Cirque.

— Eu sempre ofereço jantares de negócios aqui para a revista — ela insistiu, e ele disse que não se sentia muito à vontade com a idéia.

— As pessoas que você recebe para a revista são muito diferentes. Você nunca deve ter conhecido ninguém mais convencional que esse cara. E não sei nada sobre a mulher dele.

— Confie em mim. Sei o que estou fazendo — ela disse, confiante, e decidida a redimir-se pela tensão dos últimos meses. — Vou tratá-los como dignitários em visita. Chamarei meu serviço de bufê para fazer o jantar. Se você quiser, podemos preparar uma comida francesa fabulosa como a do Cirque.

— E Jamal? — ele perguntou, nervoso. — Esse cara era o chefe do Partido Republicano em Michigan antes de se mudar para cá. Acho que eles não entendem um doméstico de sarongue, e não quero que pensem que somos excêntricos.

— Ele tem uniforme. Vou fazê-lo usar, prometo. Ameaçarei a vida dele — ela o tranqüilizou segura.

Comprara um uniforme de mordomo para Jamal depois que se casara, prevendo uma noite como essa, e queira estar preparada. Ele não o usara ainda, mas sabia que cabia à perfeição. Ela o fizera experimentar e mandara ajustá-lo para ele. Chamou o pessoal do bufê e o florista no dia seguinte, encomendou comida francesa para o cardápio e vinhos primorosos. Ia servir Haut-Brion, Cristal, Cheval Blanc e Château d'Yquem na sobremesa. Decidira compensar todos os pecados naquela noite, e tinha absoluta certeza de que tudo ia sair excelente. Não deixaria nada ao acaso.

No dia do jantar, teve uma séria crise na revista, e dois de seus melhores editores ameaçaram demitir-se por causa de um leiaute que não ficara bom, e Fiona fora obrigada a impor-se. Foi a Terceira Guerra Mundial na revista, sua secretária anunciou que estava grávida e vomitou o dia todo. E Adrian não fora trabalhar porque se achava gripado. Ela mesma teve uma insuportável dor de cabeça no meio da tarde, que ameaçava tornar-se uma enxaqueca. Assim que chegou em casa, tomou uma pílula que encontrou no armário de remédios num frasco não identificado que alguém lhe dera na Europa. Era relativamente branda e funcionara antes. Tudo estava sob controle. Meia hora antes do jantar, o pessoal do bufê tinha tudo em ordem, Jamal pusera o uniforme, a mesa ficou linda e os cristais e copos brilhavam. Quando John inspecionou tudo antes da chegada dos convidados, pareceu aliviado e satisfeito. A mesa parecia preparada para uma foto de revista. Perfeita, e o cheiro da comida delicioso.

O convidado de honra e a mulher chegaram na hora marcada, na verdade cinco minutos adiantados, o que Fiona achou ligeiramente enervante. Ela estava fechando o zíper de um vestido preto simples quando a campainha tocou, e John desceu correndo a escada. Ela pusera sandálias de seda preta de saltos altos e dois grandes brincos de coral. Parecia bem simples e respeitável, ela mal se reconhecia, quando se olhou no espelho e desceu para juntar-se aos convidados. Embora ainda sentisse a dor de cabeça, melhorara desde que tomara a pílula, e sorriu calorosamente para o cliente de John, quando ele primeiro a apresentou a Matthew Madison, e depois à extremamente sisuda mulher dele. Nenhum dos dois parecia haver dado um sorriso em anos. Os outros convidados foram eliminando um pouco da rigidez, à medida que iam chegando um a um. Seriam dez convidados ao todo, e com Fiona e John, 12.

Jamal passou a primeira travessa de salgadinhos, e tudo transcorria muito bem, até Fiona sentir a dor de cabeça retornando com força total. A óbvia preocupação de John durante a noite não ajudou, e ela se sentia estressada só de olhá-lo. Ele queria que tudo fosse perfeito, e estava. Fiona decidiu não tomar outra pílula para a dor de cabeça. Pediu em vez disso a Jamal uma taça de champanhe. Quando acabou de tomá-lo, pareceu ajudar. Foi pôr uma música para criar alguma atmosfera, e sorriu consigo mesma. Não dava uma festa tão correta e contida como aquela em anos. Ou nunca dera. Gostava das coisas mais cheias de vida e divertidas, e decididamente mais exóticas. Mas quis organizar tudo exatamente como John lhe pedira, e fizera.

Foi quando Jamal serviu os salgadinhos pela segunda vez que ela viu John fazer-lhe um sinal e apontá-lo, e ela não conseguiu entender o que ele dizia. Fazia-lhe uma carranca furiosa, e depois olhou para os pés de Jamal. E então ela viu que, junto com a calça preta debruada de cetim nas laterais, e o correto paletó black-tie, camisa branca e gravata borboleta, ele acrescentara um par de sandálias altas douradas incrustadas de falsos brilhantes depois que a festa começara. Ela logo as reconheceu, eram suas. Seguiu-o até a cozinha e lhe disse que ia ter de tirá-las.

— Por que não está com o sapato do uniforme? — ralhou com ele, sussurrando na cozinha, e Jamal a olhou inocentemente e deu de ombros.

— Machucam.

— Essas sandálias também. Fico com bolhas toda vez que eu uso. Jamal, você tem de tirar. John está tendo um ataque.

— Eu detesto sapatos masculinos, são muito medonhos — ele disse, com um ar infeliz.

— Não me interessa. Esta noite é importante. Troque de sapato.

— Não posso.

— Por que não?

— Eu joguei fora.

— Onde?

— Na lata de lixo.

Ela levantou a tampa da lata, e lá estavam, com conchas de ostra, duas latas vazias de caviar e metade de um aspic de tomate que viera errada como acompanhamento bem em cima deles. Não tinha como ele usar os sapatos. Ela ia sugerir algum de John, mas o pé dele era quase quatro vezes maior que o de Jamal.

— Suba e pegue um par das minhas sandálias baixas, pelo menos. Pretas! — ela insistiu, e ele subiu correndo a escada, ainda com as sandálias douradas.

Ela tomou então mais uma taça de champanhe e voltou para John e os convidados extremamente chatos. Quando entrou na sala de visitas, tropeçou, e o conteúdo da terceira taça de champanhe voou para o outro lado da sala, caindo no vestido de Sally Madison, o que fez Fiona arquejar.

— Oh, meu Deus, sinto tanto, Sammy... Quer dizer, Sarry... Sally...

John notou na mesma hora que ela arrastava a língua, e nunca a vira embriagada antes; por isso não conseguiu imaginar qual era o problema quando ela correu de volta à cozinha para pegar uma toalha e água mineral para tirar a mancha do vestido da mulher.

A noite despencou rápido morro abaixo depois disso. Jamal retornou com sapatos diferentes, como lhe fora mandado, mas em vez de pretas escolhera sandálias baixas fúcsia. Não era o que Fiona tinha em mente, e todo mundo na sala notou quando ele serviu novamente. Ao se sentarem para jantar, Fiona estava tão embriagada que mal conseguia manter-se ereta. A pílula para dor de cabeça aparentemente inofensiva, junto com o champanhe, revelara-se uma mistura letal. Ela teve de subir e deitar-se antes da sobremesa. A comida estava boa e o vinho excelente, mas Jamal claramente chocara os Madison e continuou a fazê-lo ao servir a refeição, além de conversar amavelmente com os convidados. John quis tranqüilizá-los dizendo que ia mandar a esposa à clínica de desintoxicação Betty Ford, a clínica das celebridades. Queria matá-la quando os convidados partiram.

Ele estava absolutamente furioso quando subiu e a encontrou quase desmaiada na cama deles ainda vestida, e ela acordou assim que ele entrou.

— Oh, meu Deus, estou com a dor de cabeça mais terrível — disse com um gemido ao rolar na cama, erguendo os olhos para ele, e levou as mãos às têmporas.

— Por que diabos você fez isso? — ele perguntou, enfurecido. Ela nunca o vira tão irado, e esperava jamais tornar a ver. — Como pôde se embriagar num jantar tão importante quanto esse? Tenha santa paciência, você agiu como uma candidata aos AA.

— Eu tive uma dor de cabeça e tomei uma pílula inofensiva antes do jantar. Acho que o champanhe deve ter intensificado o efeito. Nunca aconteceu antes.

Mas também nunca tomara champanhe junto com a pílula.

— Que era? — Ele lhe lançou um olhar furioso. — Heroína? E o que Jamal estava fazendo? Fumando crack quando se vestiu? Que diabos fazia naquelas sandálias?

— As douradas ou as fúcsia?

Ela tentava concentrar-se no que ele dizia, mas continuava muito embriagada da pílula e do champanhe, e cinco minutos depois, apesar de todos os esforços para prestar atenção no que ele dizia, tornou a adormecer.

Teve uma imensa ressaca no dia seguinte, e não se lembrava de nada sobre o jantar, mas durante o café-da-manhã, em tom acerbo, John lhe contou tudo. Ele não falou com ela durante uma semana. De qualquer modo, ele conseguiu fechar o negócio com o cliente e, para grande espanto dela, telefonou a Madison no dia seguinte, desculpando-se pelo comportamento da mulher, e desejou que não tivesse acontecido nenhum estrago permanente ao vestido de Sally provocado pelo champanhe derramado. Matthew Madison foi surpreendentemente compreensivo, e John explicou que Fiona cometera o desafortunado engano de tomar uma pílula para dor de cabeça e champanhe. Ele sabia que era o tipo de desculpa que qualquer um daria para uma mulher alcoólatra. Não se tinha dúvida alguma, enquanto abril escoava maio adentro, que a noite influíra sobre eles. Ele continuava aborrecido, embora Fiona tivesse pedido desculpas milhares de vezes. O fato de logo naquela noite ela haver misturado álcool e remédio não fora certo, pelo menos no que lhe dizia respeito.

Em maio, durante uma importante sessão de fotos que durou uma semana, um fotógrafo de fama mundial foi expulso do hotel por discutir com o gerente e levar cinco garotas de programa para o quarto ao mesmo tempo, importunando os outros hóspedes. Fiona achou que não tinha outra opção senão levá-lo para a casa dela e instalá-lo no quarto de hóspedes. Isso significou que todas as araras com suas roupas tiveram de ir para a sala de estar. Formou-se o caos total na casa quando John chegou do trabalho, encontrou na sala o fotógrafo, duas prostitutas e um traficante de drogas, que lhe vendia cocaína, fazendo sexo. Fiona continuava no trabalho. John ficou absolutamente frenético, o que era justificável, e pôs todos no olho da rua. Ele estava tremendo de fúria quando telefonou para ela no escritório. Ela não o culpou, e também ficou revoltada, mas o fotógrafo era um dos mais importantes com quem trabalhava, e não queria que ele abandonasse a sessão de fotos, o que ele fez no dia seguinte e voou de volta a Paris. Ela não tinha a mínima idéia de como ia preencher a lacuna no número de julho. Achava-se sentada no escritório em lágrimas pensando nisso, quando Adrian entrou e gritou com ele.

— Se você me mandar ceder mais alguma coisa, ou fazer qualquer concessão, eu vou matá-lo. Aquele idiota do Pierre St. Martin fez uma orgia em minha sala de estar ontem à noite, e

John o botou para fora da casa. Ele acabou de partir e destruiu toda a maldita edição de julho. E três semanas atrás fiquei de porre com champanhe e uma pílula para dor de cabeça, num jantar de negócios que dei para John lá em casa. A gente está enlouquecendo um ao outro. O retrato da mulher dele foi pendurado na minha sala, as filhas dele me detestam e é culpa minha o fato de uma das filhas dele ter feito um aborto. E que diabos vou fazer com o número de julho? Esse filho-da-puta se mandou e me deixou na mão quando John lhe chutou o traseiro jogando-o na rua, e não o culpo. Ele e seu traficante de drogas estavam trepando com duas prostitutas quando John chegou em casa do trabalho. Eu também teria pirado. E ele ainda não me perdoou por ficar embriagada no seu jantar. Tive uma enxaqueca. E Jamal calçou minhas sandálias douradas Blahnik de 15 centímetros de altura, da última temporada.

Era uma litania de imprecações.

— Oh, meu Deus. Fiona, ele vai matar você se tiver de tolerar uma merda dessas. Sua vida está fora de controle.

— Eu sei. Eu o amo, mas não posso lidar com as filhas dele, e ele quer que eu goste delas. São duas fedelhas mimadas e sórdidas, e eu as odeio.

— Mas as fedelhas mimadas e sórdidas são filhas *dele*, e ele as ama — interrompeu Adrian. — E agora também são suas; goste ou não delas, tem de tolerá-las porque o ama. E não leve mais fotógrafos para casa, pelo amor de Deus.

— E precisa me dizer? — ela perguntou, infeliz, assoando o nariz.

— Talvez você devesse se livrar de Jamal também e contratar uma empregada normal.

— Não posso. Ele está comigo há séculos. Não seria justo.

— Não é justo esperar que John more com um empregado seminu circulando pela casa de calção de lamê dourado e usando suas sandálias. É embaraçoso para ele. E se ele levar alguém do escritório para casa? — Ela se preocupava com isso, motivo pelo qual comprara um uniforme para ele, mas sabia que Jamal precisava dela, e ele era tão leal e generoso. Parecia mesquinho despedi-lo. Não via por que John também não podia aceitá-lo. — Você não está facilitando nada para John, Fiona — repreendeu-a Adrian quando ela se recostou na cadeira e suspirou.

— Ele também não está facilitando nada para mim. Sabia como era minha vida antes de se casar comigo. Morava comigo, pelo amor de Deus.

— Sim, mas é diferente desde que se casaram. Agora a casa também é dele.

— Ele ainda tem o apartamento. Por que não leva as pessoas para lá, se não quer que elas vejam Jamal?

Embora tenha sido ela quem sugeriu que ele desse o jantar em sua casa, a idéia parecera boa. Teria sido se ela não tivesse uma enxaqueca, tomasse uma pílula e tivesse ficado embriagada em conseqüência.

— Por que ele devia ir para o apartamento dele? Achei que tinha me dito que queria vender o apartamento.

— E quer, e também quer que as meninas se hospedem conosco, e eu vou ficar com aqueles monstros bem na minha casa e aquela cadela assassina.

— Pelo amor de Deus, Fiona, é só uma chihuahua, ou coisa assim. Qual a raça dela mesmo?

Parecia agoniado. Isso também o estava aborrecendo.

— Uma pequinês. E por que você está sempre do lado dele?

— Não estou — respondeu calmamente Adrian. — Estou do seu, porque sei que o ama. E, se não fizer alguma coisa em relação a tudo isso, vai perdê-lo. Não quero que isso lhe aconteça.

— Era exatamente o que eu temia, e o motivo de jamais ter-me casado. Não quero ter de abrir mão de mim para ser dele.

— Não tem. Jamal não é você. Você tem de abrir mão de alguns adereços. Não tem de abrir mão de si mesma.

— E ele, abre mão do quê?

— No ritmo que as coisas andam, da sanidade, para poder morar com você. Veja a situação do lado dele. Quer fazer as filhas se sentirem bem com você. Não quer perdê-las por você. Você tem um empregado excêntrico que circula seminu pela casa, não importa que seja um amor de pessoa, e constrange John. Tem um cachorro velho e fedorento na cama onde ele dorme toda noite. Um emprego que a mantém correndo constantemente pelo mundo. Tem amigos extravagantes como eu. E acolhe um lunático francês que leva prostitutas e um traficante de drogas para sua casa e trepa com elas à vista de todos na sala de estar. Em que medida você ficaria sã se alguém a arrastasse para tudo isso e esperasse que vivesse com isso? Francamente, eu a adoro, mas piraria se vivesse com você.

— Tudo bem, tudo bem, vou dar um jeito. Mas o retrato na sala de estar é um pouco demais, não acha?

— Não se isso faz as meninas se sentirem em casa. Conquiste-as primeiro. Você pode transferir o retrato para o quarto delas depois.

— Não quero que elas tenham um quarto.

— Você se casou com um homem com filhas. Elas precisam ter um quarto. Tem de ceder em algum lugar — disse Adrian, inflexível.

Queria que tudo desse certo para ela, e começava a ficar preocupado. E ela também.

— Isso é muito difícil para mim — ela insistiu, assoando mais uma vez o nariz.

De repente, tudo parecia tão estressante para ela e John.

— É igualmente difícil para ele. Dê alguma coisa a ele. Vai perdê-lo se não fizer isso. — Os dois sabiam que ela não queria perdê-lo, mas também não queria mudar nada. Queria que ele se acostumasse com tudo. Queria que as filhas desaparecessem, e as meninas não iam fazer isso. Se o quisesse, tinha de acolhê-las em casa, por mais grosseiras que fossem com ela. — Nada de fotógrafos mais em casa — avisou Adrian. — Prometa-me ao menos isso. E compre um par de sapatos masculinos decentes para Jamal.

Ela não se deu o trabalho de dizer que Jamal os jogara fora porque os achava medonhos.

— Certo, prometo.

Isso era o mais fácil. O resto era muito mais difícil, e ela continuava remoendo sobre a situação quando foi para casa aquela noite e encontrou um bilhete de John. Ele fora para seu apartamento passar alguns dias a fim de ter um pouco de paz. Ela telefonou para lá e a Sra. Westerman atendeu. Disse que ele não estava, mas Fiona não acreditou. Ligou para o celular e o sistema de secretária eletrônica atendeu. Sentiu que ele a isolara, e entrou em pânico. Talvez Adrian tivesse razão, e teria de fazer rápido algumas mudanças.

Mas sentia que o destino conspirava contra ela. A revista teve problemas com uma sessão fotográfica em Londres dois dias depois, e insistiram que precisavam dela lá. Era uma matéria sobre a família real. Fiona não teve opção, viajou para Londres. E dessa vez planejou por duas semanas. Só chegou a falar com John duas vezes enquanto esteve fora. Ele parecia sempre ocupado demais para falar com ela, e o celular sempre na secretária eletrônica. Quando ela voltou, ele ainda continuava no apartamento dele. Disse que não queria ficar na casa dela enquanto ela estava ausente. As filhas haviam tido uns dias de folga da faculdade e ficado em casa com ele. E dali a duas semanas as duas entrariam nas férias de verão. Assustou Fiona dizendo que ia viajar de férias sozinho com elas. Iam para a fazenda em Montana onde sempre as levara com Ann. Viajariam quando ela estaria em Paris para os desfiles de alta-costura.

— Achei que você ia comigo — ela disse, parecendo decepcionada e sentindo-se assustada.

— Eu preciso passar algum tempo com elas — ele respondeu calmamente. E depois dilacerou seu coração com o que disse em seguida. — Fiona, isso não está dando certo. Nossas vidas são diferentes demais. Você vive em constante caos, insanidade e tumulto. Fotógrafos que se drogam e prostitutas que transam na sua casa são apenas a ponta do iceberg — acrescentou duramente.

Isso também fora a gota d'água para ele, sobretudo depois do jantar com ela embriagada e Jamal com as sandálias douradas, seguidas pelas de cor fúcsia. Tudo isso parecia sem importância e frívolo, mas para ele era demais.

— Isso não é justo. Só aconteceu uma vez — ela alegou queixosa.

— Uma vez é demais. Não posso ter pessoas assim perto das minhas filhas. E se as meninas estivessem lá quando aquele louco fazia uma orgia na nossa sala de estar? E se elas entrassem?

— Se as meninas estivessem em casa, eu não o teria hospedado. Ele é um dos mais importantes fotógrafos com quem trabalho, e eu não queria perder a sessão de fotos.

Mas perdera, apesar disso. E agora o perdia.

— E Jamal é um bom rapaz. Mas também não o quero junto das minhas filhas. Há muitas figuras estranhas na sua vida, e você gosta disso. Isso faz parte de seu mundo. Mas não posso viver com toda essa loucura em minha casa. Nunca sei quem vai estar lá quando eu entrar. A única que nunca mais está é você, que tem viajado constantemente desde que nos casamos.

Ele estava começando a acreditar que ela estava fazendo isso tudo de propósito para evitá-lo.

— Eu tive um monte de problemas na revista — ela se defendeu infeliz.

— Eu também na agência. Mas não desconto em você.

— Sim, desconta, sim. Tem sido um tempo difícil para nós dois.

— Mais difícil do que você pode imaginar — ele disse tristonho. — Não tenho nem um lugar para pendurar meus ternos.

— Eu lhe dou mais armários. Podemos comprar uma casa maior. A minha é pequena demais para duas pessoas.

E certamente para quatro, se as meninas também se mudassem. Não queira Deus.

— Não há espaço na sua vida para duas pessoas. Ou talvez seja apenas estranho demais.

— Se queria uma pessoa tão certinha e convencional, por que se casou comigo? — ela perguntou, as lágrimas escorrendo pelo rosto.

— Porque a amo. Amava então. E ainda amo. Mas não posso viver com você. E não é justo esperar que você mude. É como você quer viver. Cometi um erro ao pressioná-la a se casar comigo. Vejo isso agora. Você tinha razão permanecendo livre durante todos esses anos. Sabia o que estava fazendo. Eu, não. Acho que quis fazer parte. Era excitante. Mas percebo agora que é excitante demais para mim.

— Que é que você está dizendo?

Ela ficou horrorizada e arrasada. Não podia acreditar no que ouvia. Ele lhe dissera que era para sempre. E ela confiara nele.

— Estou dizendo que quero o divórcio. Vou me divorciar. Já falei com meu advogado. E falei sobre isso com as meninas nas duas últimas semanas.

— Falou com elas antes de falar comigo?

Ela parecia uma criança que fora abandonada na rua, que é exatamente o que ele ia fazer. Só que não era uma criança, era uma mulher. E ele tinha o direto de partir.

— Eu demito Jamal. Você pode ficar com todos os meus armários. Jogo minhas roupas fora. Suas filhas podem vir morar aqui. E nunca mais deixarei outro fotógrafo se hospedar aqui.

Estava implorando. Não queria perdê-lo. A idéia de perdê-lo a deixava desesperada e doente.

— Jamais daria certo. E a questão essencial é que não quero perder minhas filhas. E perderei se ficar com você.

Embora houvessem sido horríveis com ela, continuavam sendo filhas dele, e ele as amava. Mais do que a ela. E sob a maléfica influência da Sra. Westerman, as duas o vinham pressionando, chantageando-o emocionalmente para que a deixasse. Com tudo tão difícil entre eles dois, isso acabou sendo um terreno fértil para as forças contrárias afiarem suas garras. Dera certo. Elas haviam finalmente vencido. Fiona tinha de cair fora.

— Elas não têm o direito de fazer isso. Nem você.

Fiona soluçava. Não podia acreditar que isso acontecera. Mesmo em sua angústia, sabia que em parte era culpa sua. Talvez até a maior parte. Mas dele também. E ele fizera um pacto com as filhas. No fim, elas haviam vencido. Ela ia perder o único homem que realmente amava. Adrian tinha razão. Não fizera concessões suficientes. Sentira-se tão segura que ignorara todas as advertências. E agora ele ia divorciar-se dela, para satisfazer as filhas. Mas ela também tivera sua parcela de erros.

Ele não retornou à casa dela. Os primeiros documentos para ela assinar chegaram duas semanas depois. Todo o romance durara 11 meses do início ao fim. Quase um ano. Nem isso. O tempo suficiente apenas para realmente amá-lo, e custara-lhe a alma quando ele partira. Haviam sido casados por quase seis meses. Estariam divorciados por volta do Natal. Tudo era impensável. Ele lhe fizera promessas. Amara-a. Eram casados. Nada disso tinha importância. O casamento era a única coisa que ela jamais quisera. E agora era tudo o que queria. Tudo não passou de um truque cruel.

Duas semanas depois que ela recebeu os papéis notificando-a de que ele dera entrada ao processo de divórcio, Fiona partiu para os desfiles de alta costura em Paris.

Como sempre fazia, Adrian foi com ela. Fez-lhe companhia desta vez, no lugar de John. Arrastava-a de um lugar a outro. Ela parecia um fantasma. Estava tão desligada de tudo que parecia quase transparente. Adrian estava desesperadamente preocupado com ela. Era como se Fiona, a mulher que ele conhecia, amava e com quem ria e trabalhava, houvesse desaparecido inteiramente.

Capítulo 12

FIONA NÃO FOI AOS HAMPTONS durante todo o verão. Ficou em casa, tratou das feridas, sozinha à noite, ia para o trabalho e chorava com freqüência. Era como se toda a vida se houvesse esvaído dela, junto com toda a alegria, excitação e paixão. Sentia-se como se estivesse num túnel escuro, perdida na escuridão. Tudo que esperara, amara e acreditara lhe fora tirado. E, toda vez que via Jamal saltitando pela casa, repreendia-se pelos enganos que cometera. Certa ou errada, culpava inteiramente a si mesma. John mostrara-lhe tudo o que ela sempre quisera, e jamais se permitira esperar ter, e quando ela não entendeu ele lhe tirou tudo de novo. Nada em sua vida a fizera sofrer tanto, nem sequer quando a mãe morrera, ou quando se separara de outros homens mais tarde. A perda do casamento que partilhara com John foi a morte da esperança para ela. Era como se fosse uma criança endiabrada que fora punida. Por seu fraco discernimento e hábitos fúteis, recebera uma sentença adulta e fora condenada à morte, ou assim parecia. Não merecera o castigo que ele lhe aplicara, nem os insultos que ela própria amontoara sobre si mesma depois, e nada que alguém fizesse ou dissesse consertaria tudo de novo. Enquanto se arrastava pelo verão rumo a setembro, mal conseguia trabalhar. E no fim de semana do Dia do Trabalho, num calor esmagador, o desastre atingiu-a mais uma vez. Sir Winston teve um ataque cardíaco e ficou em tratamento intensivo durante duas semanas.

Ela o visitava duas vezes por dia, antes e depois do trabalho, acariciava-lhe o focinho, beijava-lhe as patas e ficava sentada em silêncio ao seu lado. E por fim, com um ronco e um olhar pacífico para ela, cerrou os olhos uma tarde e adormeceu para sempre. Foi uma morte tranqüila. E mais um golpe para ela. Fora um amigo amado e fiel.

Dois dias depois, tinham uma importante reunião com a agência de publicidade, e não havia como ela evitar. Discutiu isso com Adrian de antemão, e ele disse que ela tinha mesmo de ir, por mais difícil que fosse. Não soube nada de John o verão todo. Quando terminaram, fizeram-no para sempre. O relógio corria, e o divórcio seria concluído em três meses. Após um casamento tão breve, não devia ter sido o tamanho golpe mortal que foi para ela, mas mesmo Adrian sabia agora que fora.

Ela abrira lugares em si mesma para ele que jamais haviam visto luz, ar e amor antes, e jamais conhecido toque humano. E, quando ele fechara a porta sobre eles e sobre ela, ele criara feridas das quais ela vinha tentando se proteger a vida toda. Pior ainda, ele reabrira cada ferida que ela já tivera, enquanto criava outras. Fora um golpe de devastação total, e em hipótese alguma poderia agüentar chegar ao fim de uma reunião com ele. Na manhã marcada, ela pegou o telefone a fim de alegar alguma doença, e então refletiu melhor. Adrian tinha razão. Mesmo que apenas por respeito próprio e dignidade, tinha de ir. E o pior era que queria vê-lo, e viu.

John Anderson entrou tranqüilo na reunião, bronzeado, bonito e atlético. Usava um terno de risca de giz azul-escuro, camisa branca parecendo crocante de tão engomada, e que lhe caía à perfeição, uma de suas clássicas gravatas Hermès azul-marinho com minúsculos pontinhos vermelhos e um lenço branco no bolso. Ele parecia em grande forma. E ela se sentiu como um traste.

A todos que a viram na reunião, ela parecia competente, tranqüila, elegante como sempre. Estava em completo comando e controle, e foi agradável e educada quando se dirigiu a ele. Mas ninguém tinha a menor idéia do que custava a ela apenas estar ali ou conversar com ele alguns minutos na saída.

— Você está muito bem, Fiona — ele disse educadamente. Mas quando ela o olhou viu que ele se cercara de uma parede protetora em toda sua volta, e um escudo de gelo logo atrás dos olhos. Não ia deixá-la entrar de novo, e ninguém que os visse haveria imaginado que tinham sido casados, nem que um deles, ou os dois, continuavam apaixonados. Mantinham uma postura inteiramente profissional, embora ele tivesse de fato notado como ela emagrecera e como estava pálida. Usava um vestido reto de linho de Yohji Yamamoto que lhe acentuava a magreza extrema, e tinha o rosto cor de neve quando se falaram. — Você chegou a viajar neste verão?

Não parecia, e se viajara devia ter-se escondido atrás de uma pedra. A pele parecia quase transparente de tão pálida.

— Fiquei trabalhando nessa campanha publicitária — ela respondeu, parecendo distraída — e sempre fechamos o número de dezembro em agosto. Passei quase o mês todo trabalhando — e de fato, desde que ele se fora, sentia-se seca como um osso, criativamente, e não apresentara uma idéia decente em meses. Sentia-se extenuada, e estava. — Como vão as meninas?

— Ótimas. Hilary está cursando o último ano e Courtenay está fazendo seu terceiro ano no exterior. Está em Florença, e assim tenho viajado para vê-la sempre que posso.

Os dois conversaram como dois velhos conhecidos que não se encontravam havia muito tempo, em vez de duas pessoas que foram casadas e apaixonadas. Ele a isolara completamente. Um momento depois, os dois seguiram em frente.

Adrian estivera os observando e falou com ela em voz baixa quando saíram lado a lado da sala.

— Como foi? — perguntou, parecendo preocupado.

— Como foi o quê? — ela perguntou, fingindo não saber do que ele falava.

— Vi você conversando com John.

— Foi ótimo — ela disse, virando-se para falar com outra pessoa. Depois, voltou para o escritório e conseguiu com sucesso evitá-lo durante o resto da tarde. Toda vez que Adrian ia ao seu escritório, ela fingia estar ocupada ou ao telefone. Não podia falar com ninguém, nem com ele. Estava confusa.

Foi-lhe necessário mais de um mês depois desse encontro para ela tomar uma decisão, após vários pequenos desastres no escritório, uma advertência de que não podia mais dar conta não apenas da vida, mas também do trabalho. Em todas as frentes, e em todas as avenidas de sua vida, ela mal se agüentava. Não tinha nem mais Sir Winston para quem voltar à noite. Não tinha ninguém, nada, e até a vida divertida, desvairada, extravagante e livre que antes amara não mais exercia qualquer atração. Detestava ir trabalhar todo dia, e detestava mais ainda voltar para casa.

Entregou o pedido de demissão à revista *Chic* no dia 1º de outubro, e sabia que estava na hora. Deu-lhes um mês de aviso prévio, o que não era muito, e numa carta ao presidente do conselho recomendou Adrian para o cargo. Disse que se demitia por motivos de saúde e pessoais, e tomara a decisão de tirar um ou dois anos de descanso e mudar-se para o exterior, o que não era inteiramente mentira. Achava-se tão deprimida que não conseguia mais funcionar, e decidira alugar a casa e mudar-se para Paris por alguns meses. Quando se sentisse melhor, gostaria de tentar escrever um livro.

Adrian entrou intempestivo no escritório dela, assim que o anúncio da demissão foi feito.

— Você não me contou! — queixou-se, parecendo magoado e arrasado. — Fiona, que foi que você fez?

— Eu tinha de fazer isso — ela respondeu calmamente. — Não consigo mais fazer o meu trabalho. Acho que o perdi. Simplesmente não significa mais nada para mim. Não ligo a mínima para as pessoas, as festas, o visual ou as roupas. Não me importa se jamais tornar a pôr os pés num desfile de alta-costura. Na verdade, espero que não.

— Podia ao menos ter-me contado antes de tomar a decisão. Poderíamos conversar sobre isso. Por que não tirou uma licença de seis meses?

Mas os dois sabiam que ela não podia fazer isso nesse tipo de trabalho. Não podia deixar a revista sem um comando; na verdade quando saía por uma semana, desencadeava-se um inferno, e tudo ficava fora de controle. Dois dias depois, ele soube que ela o recomendara para o cargo. Era a decisão certa, e uma sábia recomendação, e duas semanas após a saída dela ele foi nomeado editor-chefe da revista *Chic*, e disseram a ela que dali a mais uma semana, quando a poeira se assentasse, ela estava livre para partir. Tudo mudara muito rápido.

Ela saiu do escritório tranqüilamente, sem sequer um olhar para trás, mas com lágrimas nos olhos quando cruzou a porta, levando uma caixa de livros e uma única planta que sua mentora lhe dera anos antes. Adrian chorava abertamente quando lhe tomou a caixa da mão. Os dois sabiam que as comportas se fechavam rapidamente sobre antigos editores e logo o esqueciam, mas era inegável que Fiona Monaghan criara sua marca, e o treinara bem. Quiseram dar uma festa de despedida no último dia, mas ela recusara. Simplesmente não estava no clima. Cinco minutos após deixar a redação, Adrian a instalou num táxi e lhe entregou a caixa que vinha carregando para ela.

— Eu amo você — ela sussurrou, sorrindo tristemente, e os dois se olharam fixamente nos olhos.

— Você foi a melhor amiga que já tive — ele disse, com lágrimas nos olhos.

— Você também. Até amanhã.

Ele ia à casa pela manhã ajudá-la a fazer as malas. Ela já a alugara, e ia mandar toda a mobília para um depósito. Não levava quase nada para Paris. Alugara um pequeno quarto no Ritz, com um desconto que lhe haviam oferecido, até achar um apartamento. Graças aos sensatos investimentos que fizera ao longo dos anos, estava em boa situação, e não teria de trabalhar por um bom tempo. Ia procurar um apartamento e, se tivesse disposição, escrever um livro. Talvez na primavera. Antes, pretendia dar longas caminhadas, dormir muito e tentar recuperar-se. A boa notícia era que jamais teria de ver John Anderson de novo. Sabia que ia sentir falta da revista, mas nem de perto tanto quanto sentiria dele. E tinha de esquecer os dois. Faziam parte do passado. O futuro era desconhecido e não lhe parecia esperançoso. E o presente intoleravelmente doloroso.

Adrian veio, como prometido, na manhã seguinte. Levaram o dia todo para esvaziar os armários dela em caixas guarda-roupas. Surpreendeu-se com o que encontrou ali, e com a montanha de tesouros de roupas antiquadas outrora importantes de que agora abria mão.

— Você podia abrir um museu de moda com tudo isso — disse Adrian, jogando outra braçada cheia na pilha que ela ia doar à Beneficência.

— Se eu tivesse feito isso enquanto John estava aqui, ele poderia ter usado mais da metade dos armários — ela comentou pesarosa.

Quase nada restara nos armários antes tão abarrotados.

— Esqueça — ele disse sabiamente. — Não era uma questão de armários. Era um monte de coisas. Estilos de vida muito diferentes. Ele fora casado a vida toda, você nunca. Ele tinha filhas, você não. As filhas a detestavam, a governanta a detestava, a cachorra deles tentou matá-la. Duas vezes. E as pessoas com quem você andava o deixavam louco.

Os dois sabiam, como John acabou por saber, que embora ele a amasse, a achasse fabulosa e excitante, ela fora uma pimenta ardida enfiada em sua traquéia, e um bocado de picante que lhe fazia os olhos aguar de terror a maioria das vezes. Adrian acreditava firmemente que John a amara. Apenas abraçara mais do que podia carregar. Precisava de alguém muito mais suave do que Fiona Monaghan jamais poderia ser. Mas, apesar disso, arrasava-o o fato de John tê-la abandonado tão de repente. Parecia-lhe terrivelmente injusto. Ela não merecia aquilo, por mais caótica que fosse a sua vida.

— Você lhe contou sobre Sir Winston? — perguntou Adrian, curioso, jogando cinqüenta pares de velhos Manolos numa das caixas de caridade.

Os saltos eram altos demais até para Jamal. Os mais baixos ela ia dar a ele. Não queria incentivá-lo a usar salto alto.

— Não achei que era problema dele — ela respondeu à pergunta sobre o cachorro. — Eu não quis parecer patética. "Obrigada por se divorciar de mim, e, por falar nisso, meu cachorro também morreu."

Pagara 5 mil dólares para enterrá-lo num cemitério de animais de estimação e por uma lápide de granito preto em forma de coração, que nunca vira. Não suportaria a dor de ir lá visitá-lo.

Adrian voltou para ajudá-la mais uma vez no domingo. E ela passou o resto da semana se desfazendo de suas coisas. Em homenagem ao seu próprio senso de ridículo, partiu para Paris no Halloween, Dia das Bruxas.

Adrian levou-a ao aeroporto, e ficaram de olhos grudados um no outro por um longo momento antes de ela atravessar a segurança.

— Seja boa consigo mesma. Pare de se punir. As coisas acontecem por um motivo. — Sim. O abandono do pai. A morte da mãe. Divorciar-se de John. A morte de Sir Winston. Desistir de um emprego que antes significava tudo para ela. Agora nada disso significava coisa alguma. — E me ligue. Eu me preocupo com você.

— Faça um bom trabalho — ela disse, com lágrimas nos olhos, ao separar-se dele. Sabia que ele ia fazer. Era em tudo um editor tão bom quanto ela, e tinha muito mais vida em si do que ela nesse momento. — Faça-me sentir orgulho de você.

Já sentia, de qualquer modo.

— Eu amo você — ele disse, com lágrimas escorrendo-lhe pelas faces. Os dois tinham os rostos banhados em lágrimas quando se beijaram. — Arrase tudo e todos em Paris. Vejo você em janeiro, ou antes, se conseguir me livrar.

Janeiro parecia a uma eternidade para os dois. Faltavam quase três meses para os desfiles de alta-costura. E o grande problema para ela era que causara boa impressão em Nova York, mas fora arrasada, com muita eficiência. Sentia-se como se devesse ser colocada no vôo num saco fúnebre, não numa poltrona. Jamais se sentira tão péssima na vida.

— Cuide-se — ela sussurrou, baixando a cabeça e afastando-se, cega pelas lágrimas.

Ele ficou ali vendo-a afastar-se, também com lágrimas escorrendo pelas faces.

Capítulo 13

O QUARTO QUE FIONA ALUGARA no Ritz era pequeno e aconchegante, e tinha uma vista do céu hibernal. Ela ficava sentada às vezes, olhando-o, com saudades de todos e de tudo, John, Adrian, o trabalho, a casa, Nova York, Sir Winston, até Jamal. Em questão de meses perdera tudo, e agora ali estava, sem saber o que fazer em seguida. O inverno em Paris era chuvoso e cinzento, mas combinava com seu estado de espírito, e a alegrava estar ali. Não precisava falar com ninguém, nem ver ninguém. Na verdade, não queria ter de fazê-lo. Mergulhara em sua própria solidão e sofrimento.

Em meados de dezembro, os papéis do divórcio chegaram em Paris. Não tinham mais importância. Nada tinha. Ela passou a véspera e o dia de Natal no quarto. Foi à missa na igreja de Sacré Coeur, e um coro de freiras cantou tão primorosamente que ela se sentiu como se houvesse morrido e ido para o céu. Ficara ouvindo-as, com as lágrimas escorrendo pelas faces.

Nessa noite, ao voltar para o hotel, começou a escrever. Não era o livro que planejara escrever. Era sobre uma menina com uma infância igual à dela, e a acompanhava até a maturidade, os erros que cometera, e a cura que procurara. Era uma espécie de catarse escrevê-lo, e as coisas chegavam-lhe com mais clareza à medida que escrevia. Parecia tão mais fácil ver agora os caminhos que escolhera, os homens que temera, os que, ao contrário, escolhera, sua determinação, sua carreira. As coisas que usara como substitutos para relacionamentos verdadeiros, o trabalho que tanto significara para ela, obscurecendo tudo mais, os sacrifícios que se dispusera a fazer e os filhos que não tivera. A busca da perfeição. Até o cachorro, que se tornara um filho substituto. E as concessões que não fizera a John, porque temia demais abrir espaço para ele, não nos armários, mas no coração. Porque, mesmo se lhe houvesse dado tudo que tinha, perderia ainda mais se o perdesse, o que acabou acontecendo. Tudo isso fazia parte da história que estava escrevendo, página após página, à medida que dezembro ia escoando em janeiro. Achava-se mergulhada nisso quando Adrian chegou e a achou melhor, embora continuasse tão magra e pálida que beirava o cinza. Mas também não saíra do quarto durante dias. Escrevia furiosamente. E ele ainda estava em Paris quando o corretor ligou e disse que tinha um apartamento para ela. No 7ème Arrondissement, no Boulevard de La Tour Maubourg. Ela telefonou para Adrian, que também se hospedava no Ritz, como sempre, e ele prometeu ir com ela vê-lo, após o desfile da casa Gaultier. Fiona tomara cuidado para evitar todas as pessoas do mundo da moda. Não tinha mais nada a dizer a elas.

Saiu com ele do hotel sem ser vista, de óculos escuros, os cabelos presos atrás e um casaco com capuz. Chovia a cântaros. Mas mesmo na chuva o apartamento era lindo. A casa que o alojava ficava atrás de outro prédio, num pátio de calçamento de pedras, com um pequeno jardim meticulosamente cuidado. Um casal que agora morava em Hong Kong era dono da casa e nunca estava lá. Não tiveram a coragem de vendê-lo e era fácil ver por quê. O apartamento ocupava o último andar e o sótão, e tinha um jardim no telhado. Dava apenas para ela e mais ninguém. E ainda tinha um estúdio no sótão onde poderia escrever. Alugou-o sem titubear, e disseram-lhe que podia mudar-se na mesma hora. Era simplesmente mobiliado com algumas antiguidades e uma grande cama com dossel. Tinha lindas sancas e pisos de madeira de 300 anos. Ela se via ali por um longo tempo, e Adrian também.

— Parece o apartamento de Mimi em *La Bohème*. E você também está começando a se parecer com ela — disse Adrian, preocupado, mas satisfeito pela amiga.

Via-a feliz ali, ela lhe falou do livro. Não tinha a menor idéia de quando o terminaria. Esperava que fosse por volta da primavera, no ritmo em que ia. Mas não tinha importância quanto tempo levaria. Nem sabia se o publicaria, mas escrevê-lo estava fazendo bem a ela.

Ao assinar o aluguel no dia seguinte e preencher o cheque, percebeu que seria seu primeiro aniversário de casamento. Não sabia se era algum tipo de presságio, ou uma infeliz coincidência, e voltou para o Ritz depois e embriagou-se de champanhe com Adrian no quarto. Ele continuava preocupado com a amiga, com bom motivo. Ela vagava à deriva, e quanto mais bebia mais falou de John nessa noite, perdoá-lo pelo que fizera, e fugir dela, o que entendia e estava tudo bem, não tinha importância, ele tinha razão, ela fora terrível. Mas não tanto quanto fora consigo mesma desde então, percebeu Adrian. Continuava se culpando, e ele quis saber se ela não sentia falta do trabalho, embora ela dissesse que não, mas ele não sabia se acreditava nela. Sua vida agora lhe parecia tão vazia, tão despovoada, a não ser pelas personagens do livro. Mais que tudo, ele sabia que ela tinha de perdoar a si mesma, e se perguntava se ela ia conseguir, ou se seria atormentada para sempre pelos fantasmas do que poderia ter sido. Ainda o dilacerava vê-la assim. E o deixava furioso com John por tê-la abandonado. A vida deles talvez tenha sido caótica, mas ela era uma mulher muito boa. Achava que ele fora um tolo por abandoná-la e perder a paciência tão cedo.

Detestou deixar a amiga quando partiu de Paris no fim da semana. Ela ia mudar-se para o apartamento no dia seguinte, mas ele não podia ficar para ajudá-la. Tinha reuniões marcadas em Nova York, uma delas com John Anderson. A *Chic* vinha tendo problemas com a agência, mas ele não contou isso a Fiona. Não era fácil ocupar o lugar dela, e isso era um desafio constante para ele. Admirava-a mais a cada dia, enquanto fazia malabarismo com milhares de bolas no ar e rezava para poder dar conta. Pedira a Fiona conselho sobre várias coisas, e se impressionou como sempre com a clareza, a inteligência, o discernimento infalível e o extraordinário bom gosto dela. Era uma mulher admirável, e ele tinha certeza de que o livro seria bom. Ela vinha pondo o coração e a alma nele. Quando decolou do Charles de Gaulle, pensou nela, como sempre fazia, e rezou para que ela ficasse em segurança. Parecia tão vulnerável e tão frágil, e tão forte ao mesmo tempo. Adrian admirava-lhe talvez mais a coragem do que o estilo.

Enquanto voltava para os Estados Unidos, ela se mudava para o apartamento no Boulevard de La Tour Maubourg. Os quartos eram expostos a correntes de ar e o céu cinzento, e ela encontrou um pequeno vazamento na cozinha, mas o imóvel era limpo.

Vinha com roupa de cama e mesa, pratos, travessas e panelas. Tinha dois quartos, dois banheiros, uma pequena sala de estar, uma cozinha confortável para receber os amigos e o estúdio no andar de cima, que se encheria com a luz do sol num dia bonito. Era tudo que precisava. Nos primeiros dias, sentiu falta do Ritz e dos rostos conhecidos, a camareira da noite que sempre ia visitá-la para saber se estava tudo bem, a telefonista que reconhecia sua voz, o porteiro que a cumprimentava com um toque no chapéu, os mensageiros com cara de bebê com quepes azuis que lhe pareciam menininhos e carregavam os pacotes para ela e os recepcionistas que cuidavam de todas as suas mínimas necessidades. Ela nunca ia a lugar nenhum, e assim não pedia que fizessem reservas, mas mandavam xerocar as páginas do livro, compravam livros que ela precisava para pesquisa, colocavam cartas no correio e eram sempre agradáveis quando ela parava no balcão da recepção para falar com eles.

A princípio foi solitário no apartamento. Ela não tinha ninguém com quem conversar. Não podia pedir alguma coisa para comer a qualquer hora, mas em outros aspectos era bom para ela. Precisava vestir-se e sair, ainda que fosse apenas uma calça jeans e um velho suéter. Havia um bistrô na esquina onde ela comia de vez em quando, ou tomava café, e uma mercearia a poucos quarteirões onde comprava comida. Às vezes entocava-se no apartamento até ficar sem cigarro e comida. Voltara a fumar, o que não a ajudava a recuperar o peso. Vinha emagrecendo e as roupas ficando largas, mas tudo que usava de qualquer modo eram moletons, suéteres velhos e calça jeans. Sentia-se muito francesa quando fumava, sentada na calçada de algum bar, lendo as últimas páginas de seu manuscrito. E na maior parte do tempo ficava satisfeita.

Choveu muito em Paris naquele inverno, e continuou chovendo na chegada da primavera. Em abril, quando o sol surgiu afinal, ela dava longas caminhadas à beira do Sena. Um dia, parada no cais para apreciar o rio, lembrou-se do jantar com John no Bateau Mouche. Fazia quase dois anos, e ela sentia como se houvesse vivido toda uma vida desde então. A vida anterior que tivera desfizera-se no ar rarefeito. As pessoas, o trabalho na *Chic*, até Sir Winston. E John, é claro. Ele parecia o mais distante de todos, e era.

Em maio, sentia-se melhor, e o livro prosseguia bem. Sorria às vezes quando lia as páginas, e até ria em voz alta sentada sozinha no estúdio. Levara uma vida solitária em Paris por mais de seis meses, mas compreendia agora que lhe fizera bem. Adrian retornou em junho e ficou aliviado ao vê-la tão bem. Ganhara algum peso, e fumava feito uma chaminé, mas exibia uma boa cor. Cortara um pouco os cabelos, os olhos verdes estavam brilhantes e alegres, e estava linda, até para ele. Sempre tivera um olho crítico, e ela continuava sendo sua mais querida amiga, embora vivesse tão longe. Gostou do que Fiona contou sobre o livro.

Animou-se a ir com ele ao Le Voltaire desta vez, e se sentiu à vontade quando os dois toparam com outra editora de revista. Ela nada tinha a esconder agora. Não mais parecia derrotada e vinha-se saindo bem. Quando a editora lhe perguntou:

— Que está fazendo agora?

Ela respondeu com um sorriso que estava escrevendo um livro.

— Oh, meu Deus, não um *roman à clef*, espero — disse a editora, parecendo em pânico, e Fiona riu.

— Eu não faria isso com meus amigos. Estou escrevendo um romance, e não tem nada sobre a indústria da moda, nem do mundo editorial. Seus segredos estão bem guardados comigo.

A mulher revirou os olhos e pareceu aliviada. Depois Fiona virou-se para Adrian com um sorriso quando ela foi embora.

— Escrever um livro sobre moda ia me matar de tédio.

Os dois riram e se deliciaram com um gigantesco prato de profiteroles que dividiram como sobremesa. Ele ficou aliviado ao vê-la comer bem, embora ela houvesse fumado intermitentemente durante a refeição inteira.

— Que tal comprar outro cachorro um dia desses?

Adrian vinha querendo sugerir isso havia muito tempo, mas esperara a ferida pela perda de Sir Winston sanar. Agora achava que já se passara tempo suficiente para arriscar a sugestão, mas ela acendeu outro cigarro e fez que não com a cabeça.

— Lembra de mim? Voltei mais uma vez a ser como eu era. Nada de responsabilidades, apegos, estorvos. Não quero ter nada, amar ninguém, nem me apegar a pessoas, lugares ou coisas. É uma regra que parece funcionar muito bem para mim.

Isso revelava que a amiga continuava magoada, e talvez continuasse assim para sempre. E a ferida que John deixara, por mais breve que tivesse feito parte da vida dela, fora a pior de todas. Mas Adrian tinha a sensação de que ela pelo menos começara a perdoar a si mesma, por quaisquer enganos que cometera em relação a John. Nos meses de solidão, lutara com força para compreender-se mais profundamente. Pela primeira vez, desde que deixara a revista e se mudara para Paris, ele sentia que ela fizera a coisa certa. Tornara-se menos superficial, mais sensata e profunda do que algum dia fora. Sua vida era menos frívola, sem empregados estranhos circulando de tanga. Vestia-se menos segundo a última moda, e parecia menos interessada em moda e nas roupas que usava. Também parecia menos perfeccionista e não tão dura consigo mesma. Muito mais relaxada, e filosófica em vários aspectos, disse que ela mesma gostava de limpar o apartamento. Mas a única coisa que o preocupava era o fato de ela levar uma vida solitária e ter-se isolado de todos. Aos 42 anos, ainda era jovem demais para fechar-se ao mundo. Disse que não tinha o menor interesse em namorar, nem queria mais vida social. Só queria terminar o livro. Estabelecera uma meta para finalizá-lo até o fim do verão, e então iria brevemente a Nova York para encontrar um agente que o vendesse para ela. Ia ficar em Paris durante o verão para poder trabalhar, parecia não ter o menor interesse em ir ao sul da França e quase se encolheu quando Adrian lhe perguntou se ia a Saint-Tropez. Era óbvio que atingira um ponto sensível. Ela não mais queria ir a muitos lugares. Disse que não tinha interesse neles. Mas os dois sabiam que simplesmente a lembrança deles era dolorosa demais.

Adrian prolongou a estada alguns dias após os desfiles de moda para hospedar-se com ela, e quando deixou Paris no início de julho Fiona retornou ao trabalho. Mas ver o amigo foi um agradável interlúdio. Falavam-se freqüentemente ao telefone, mas era melhor estar frente a frente, e almoçaram no Le Voltaire quase todo dia. Ela preparou o jantar para ele no apartamento uma noite, e depois ficaram sentados no terraço comendo queijo e tomando vinho. Ele teve de admitir que ela não escolhera uma vida ruim, e em certo aspecto até a invejava. Afinal, vinha cortando um dobrado no antigo cargo dela, e fizera muitas mudanças drásticas desde que ela partira.

— Talvez eu venha para Paris e escreva um livro quando crescer — ele disse, esticando as pernas.

Usava um fabuloso par de novos sapatos Manolo de couro de cobra.

— Você devia escrever o que eu não escrevi — disse Fiona com um sorriso. — Sobre o mundinho da moda. Conhece mais segredos do que eu.

Todo mundo confiava nele, e ele mantinha tudo para si como um túmulo. Ela sempre soubera que seus segredos estavam bem seguros com ele.

— Todos iam contratar gente para me matar. Embora, se ainda não fizeram, talvez jamais façam.

Ele gostou da idéia, mas na sua vida ainda tinha anos pela frente. Achava-se no mesmo lugar que ela na idade dele.

Assim que ele partiu, o livro começou a ganhar velocidade, e ela raras vezes o interrompeu depois. Acordava ao amanhecer, fazia café, acendia um cigarro e sentava-se para trabalhar. E na maioria das vezes não tirava os olhos do computador até o meio-dia. Comia então uma fruta, alongava-se e retornava ao trabalho. Ficou ali sentada dia e noite durante dois meses. Paris ficava deserta no verão, até os turistas pareciam ir a outro lugar, para a Grã-Bretanha, o sul da França, a Itália ou a Espanha. E ela nunca deixava o apartamento, a não ser para comprar comida.

Era um brilhante e ensolarado dia em fins de agosto quando escreveu uma frase e a ficou olhando com os olhos cheios de lágrimas, compreendendo o que acabara de acontecer. Concluíra o livro.

— Oh, meu Deus — disse em voz baixa, dando em seguida um grito de júbilo, e pôs-se a rir e chorar ao mesmo tempo. — Oh, meu Deus... Eu consegui!

Ficou ali sentada fitando a frase, relendo-a repetidas vezes. Conseguira terminar. O livro em que pusera o coração e a alma estava pronto. E lhe tomara quase oito meses inteiros.

Telefonou para Adrian, era de manhã em Nova York, e ele acabara de chegar à redação. Assim que soube que era Fiona, pegou o telefone.

— Pode pegar seu trabalho de volta agora — disse, parecendo exasperado. — Estão me enlouquecendo. Três dos meus melhores editores acabaram de ir embora.

— Você encontrará outros. Todos são substituíveis, incluindo eu. Adivinhe? — ela disse, rindo de emoção.

— Você está grávida. A concepção imaculada. Ou conheceu uma gracinha de rapaz. Vai-se mudar de volta para Nova York, queira Deus, e quer trabalhar para mim.

— Nem que fosse para salvar sua vida. Nenhuma das opções anteriores. Acabei de terminar o livro!

A excitação dela passava direto pelo telefone.

— Minha NOSSA! Não acredito! Já? Você é um gênio! — Ele se emocionou por ela. Sabia o quanto isso era importante. E, como sempre, orgulhava-se dela. Os dois eram um para o outro o irmão e a irmã que nunca tiveram. — Vai voltar para casa agora? — ele perguntou, esperançoso.

— Minha casa agora é aqui. Mas vou a Nova York daqui a algumas semanas. Quero conversar com alguns agentes. Preciso limpar o manuscrito primeiro. Quero fazer algumas mudanças e correções.

No fim, exigiu mais tempo do que ela imaginara.

Só em outubro ficou pronta para ir a Nova York. Tinha três agentes para visitar, e ia se hospedar com Adrian. A casa continuava alugada, e ela decidira vendê-la. Ia pô-la à venda enquanto permanecesse na cidade e oferecê-la primeiro aos inquilinos. Se conseguissem fechar um acordo, economizaria às duas partes as comissões dos corretores, o que talvez fosse bom para todos, e eles adoravam a casa. Ela tomara a decisão de não voltar mais a morar em Nova York. Era feliz em Paris, e não tinha mais nada em Nova York. Exceto Adrian, e ele não se importava de ir a Paris visitá-la. Assim que voltasse, ia começar a escrever outro livro. Já definira o plano geral, e trabalhou mais nele no avião.

Encontrou-se com Adrian na revista, e se sentiu estranha, como visitar uma casa de infância onde agora moravam outras pessoas. Foi ainda mais estranho visitar sua antiga casa. Os inquilinos haviam pintado os quartos de outras cores e os encheram de móveis que ela achou medonhos, mas era deles, agora, e não mais sua. Eles ficaram entusiasmados com a perspectiva de comprá-la. Estipularam um preço mutuamente satisfatório em dois dias, evitaram as comissões dos intermediários, e a viagem teria valido a pena se tivesse sido apenas para isso.

Ela e Adrian passaram as noites no apartamento dele, e ela foi encontrar-se com os agentes literários que agendara. Antipatizou fortemente com dois deles, mas o terceiro que visitou parecia perfeito. Inteligente, ambicioso, tinha uma conversa interessante, conhecia o ofício de trás para a frente e era da mesma faixa etária que ela. Fiona falou sobre o assunto do livro, ele gostou, ela lhe entregou um manuscrito e se sentiu como se deixasse seu bebê com estranhos. Quando voltou ao apartamento de Adrian naquela noite, era nervosismo só. Ficara com o agente durante horas, e Adrian a esperava com o jantar, pois sabia como fora estressante para ela o encontro com agentes sobre o livro.

— E se ele detestar? — ela perguntou, parecendo ansiosa.

Pusera uma blusa de gola rulê branca e calça cinza, mocassins de seda cinza e sua marca registrada: o bracelete de turquesa no pulso. Fiona nem notara, mas o agente ficara caído por ela. Tudo que a interessava era seu livro. Não pusera nem maquilagem, raras vezes usava agora, mas tinha uma pele tão refinada e os olhos tão imensos que Adrian a achou na verdade mais bonita assim.

— Não vai detestar. Você escreve lindamente, Fiona. E a história tem conteúdo.

Fiona lera alguns trechos para ele, mandara-lhe páginas por fax e repassara o enredo principal com ele, em suas várias versões, milhares de vezes.

— Ele vai detestar. Sei que vai — ela disse, esvaziando uma taça de vinho.

Ficara meio embriagada durante o jantar e a conversa com Adrian, o que era raro para ela. E na manhã seguinte já se convencera de que o agente ia rejeitar o livro e roubá-la enfiando o manuscrito numa gaveta em algum lugar. Já se concentrava no novo livro.

O telefone tocou no fim da tarde na casa de Adrian. Fiona em geral deixava a secretária eletrônica ligada, mas por algum motivo atendeu, achando que era ele. Os dois vinham tentando se falar para combinar o jantar à noite, embora ele andasse ainda mais ocupado do que ela quando ocupava aquele cargo. A única diferença era que ele não dava festas, e jamais deixava fotógrafos nem modelos se hospedar em sua casa. Mas confessara-lhe um ano antes, quando ela partira, que contratara Jamal. E Fiona ficara muito feliz ao vê-lo quando chegou. Adrian metera-o num uniforme, calça preta e camisa branca, com um paletó curto branco, que ele usava nas raras vezes que recebia convidados em casa. E, segundo Adrian, o empregado nunca se sentira nem de perto tão satisfeito com ele quanto se sentira com ela, porque não podia herdar os sapatos descartados dele, pois eram grandes demais. Mas Jamal parecia muito feliz no novo emprego.

— Alô? — disse Fiona cautelosamente ao pegar o telefone.

A voz do outro lado era desconhecida. Não era Adrian, e ela se arrependeu de ter atendido. Mas para sua grande surpresa a voz mandou chamá-la. Era Andrew Page, o agente literário com quem estivera na véspera.

Ele lhe deu logo a notícia. Sabia como eram ansiosos os novos autores, e lhe disse quase instantaneamente que adorara o livro; era um dos melhores primeiros romances que lia em anos. Achava que ela podia fazer mais uma revisão, mas não mudar muita coisa, e acreditava que já tinha encontrado uma editora para o livro. Ia almoçar no dia seguinte com uma experiente assistente editorial em nome dela. Se ela aceitasse assinar com ele, claro. Pediu-lhe que fosse lá e assinasse um contrato com ele na manhã seguinte.

— Fala sério? — ela quase gritava com ele. — Não está brincando?

— Claro que não estou brincando — ele riu. Para uma mulher de tanta força e capacidade, ela era impressionantemente humilde em relação ao seu texto, e à maioria das outras coisas, e ele gostava disso. — É um livro maravilhoso.

— E você é um agente fabuloso! — ela disse, rindo. Marcaram um encontro para o dia seguinte, ela desligou e dois minutos depois telefonava para o celular de Adrian. — Adivinhe?

— De novo, não. — Ele riu.

Ela adorava fazê-lo adivinhar qualquer coisa fantástica que acabasse de acontecer, igualzinha a uma criança. E parecia uma criança ao telefone. Ele sabia que tinha de ser bom.

— Andrew Page adorou meu livro! Vou assinar com ele amanhã. E ele vai almoçar com uma editora experiente a respeito.

Ela parecia que tinha acabado de dar à luz gêmeos, e de certo modo dera. O agente também falara com a assistente editorial sobre o novo livro, e ia tentar conseguir-lhe um contrato para dois ou três. Os editores gostavam de saber que não estavam lidando com uma autora de um livro só. E isso ela claramente não era.

— E devo ficar surpreso? — perguntou Adrian, parecendo indiferente. — Eu disse que ele ia adorar. — Ela começara uma nova carreira. — A seguir, ele vai vender os direitos para o cinema, e todos vamos a Hollywood para a estréia. E, se você escrever o roteiro, quero ser seu acompanhante quando você receber o Oscar.

— Eu o amo, e obrigada pelo voto de confiança, mas você é louco. Agora tem de jantar comigo esta noite para comemorarmos. Pode?

Ele continuava tentando se livrar de um compromisso anterior, mas prometeu que iria. Queria levá-la para sair e paparicá-la um pouco. Combinaram de se encontrar às oito da noite no La Goulue, ainda o seu restaurante preferido em Nova York.

Quando ela saltou do táxi para o jantar, pusera o único vestido ligeiramente elegante que trouxera. Era um Dior preto *vintage*, que comprara na Didier Ludot no Palais Royal. Ficou espetacular nela. Usava os cabelos soltos, que brilhavam como cobre polido, e, em homenagem à nova carreira como autora prestes a ser lançada, dignara-se até a colocar maquiagem. Como o vestido era curto, exibia as belas pernas, e ela pusera sandálias espantosamente altas Manolo Blahnik, com tiras nos tornozelos, que quase fizeram Jamal babar. Parecia-se muito com Audrey Hepburn em *Bonequinha de luxo*, a não ser pelos luminosos cabelos ruivos.

O chefe dos garçons no La Goulue ficou emocionado ao vê-la, os dois conversaram em francês e ele se queixou de que fazia mais de um ano que não a via. Ela explicou que se mudara para Paris, e quando ele a levou até uma mesa num mezanino de canto, cabeças viraram-se. Fiona parecia mais espetacular que nunca. Ia sentar-se, quando um rosto conhecido atraiu seu olhar. Numa situação mais comum, não o teria cumprimentado, parecia mais fácil não fazê-lo. Mas, como ele estava apenas a duas mesas da dela, seria simplesmente grosseiro demais. Era John.

Fiona parou e lhe sorriu, não como um cumprimento sedutor, mas azedume, em reconhecimento dos velhos tempos. Notou que a mulher com ele tinha uma aparência respeitável e muito loura. Parecia quase gêmea da falecida esposa dele. E ela era a líder grã-fina da liga estudantil local. Vinham saindo juntos havia seis meses, e tinham o ar à vontade das pessoas que se conhecem muito bem.

John pareceu mais que apenas um pouco surpreso por um momento. De fato, pareceu atingido por um raio e ficou sem graça. Depois, cavalheirescamente levantou-se, cumprimentou Fiona e a apresentou com educação à namorada. Parecia sentir supremo mal-estar com a facilidade com que as duas mulheres trocaram apertos de mão.

— Elizabeth Williams, Fiona Monaghan.

As duas inspecionaram-se uma à outra, e revelou-se instantâneo reconhecimento nos olhos da loura. Era óbvio que ouvira falar de Fiona, e pareceu ligeiramente desconcertada com os longos cabelos ruivos e as belas pernas. Fiona parecia uma modelo e aparentava dez anos menos do que a idade que tinha. Era o tipo de mulher que deixaria qualquer outra nervosa, sabendo que o homem com que se achava envolvida dormira com ela, ou, pior ainda, fora apaixonado por ela. Mas John a abandonara, afinal, e não o contrário. Portanto, não era gamado por ela, pelo que Fiona sabia.

— É bom ver você, John — disse Fiona, sorrindo, após cumprimentar a acompanhante dele.

Não prestara muita atenção ao nome. Acima de tudo, era um tipo e exatamente a mulher que esperaria ver com John. Era sem tirar nem pôr com quem ela previra que ele ia terminar, e parecia que estava certa. E ele estava ótimo. De repente teve vontade de contar-lhe sobre seu livro e o novo agente, mas pareceu um pouco tolo fazê-lo, e por isso se refreou.

— Como tem passado? — ele perguntou, como se fossem velhos parceiros de tênis que sumiram de vista no último ano, ou como se o único contato que já haviam tido fosse a trabalho.

— Esplêndida. Moro em Paris, agora — ela disse, mas mesmo sem vê-lo após um ano, nem fazer parte de sua vida por mais tempo, sentiu o coração martelar.

Para sua grande tristeza, mesmo após todo aquele tempo a magia não se desfizera. Ela não se curara, mas ele claramente sim. John sabia que ela deixara a revista e, embora achasse que ela fora passar alguns meses em Paris, não entendera que ela na verdade se mudara para lá.

Acabei de vender minha casa e escrevi um livro!... quase gritou.

Mas era recatada e reservada. Ele assentiu com a cabeça, e sem nada mais dizer ela seguiu em frente e se sentou. Esperava que Adrian aparecesse logo.

Quis a sorte que ele levasse mais meia hora para surgir no restaurante, e ela estava prestes a ter um colapso nervoso quando ele chegou, embora parecesse sofisticada, equilibrada e indiferente, tomando notas num bloco e sem olhar sequer uma vez para John. Forçou-se a parecer à vontade e despreocupada.

— Viu quem está sentado ali? — ela sussurrou a Adrian por entre dentes cerrados, quando ele se sentou defronte a ela, de costas para John.

— É alguém fabuloso? — ele perguntou, quando ela lhe advertiu que não se virasse para olhar.

— Costumava ser — ela sussurrou. — É John. Está com uma debutante loura, que parecia que queria me matar.

— Com uma jovem? — Adrian olhou-a surpreso. Isso jamais pareceu ser coisa de John.

— Não, acho que é mais velha que eu. É apenas o tipo.

— Você está bem? — ele perguntou, solícito.

— Não. — Sentia-se à beira das lágrimas, mas teria morrido antes, e isso a deixou nauseada. — É muito duro.

Usara cada grama de controle e disciplina que tinha para manter o faz-de-conta de indiferença até a chegada de Adrian.

— Eu sei que é. — Ela abandonara uma vida, um emprego, uma cidade, uma casa e um país por ele, apenas para ver-se livre dele. Vê-lo ali de novo ia ser uma provação. — Quer ir embora? — sussurrou Adrian, condoído.

Não a culparia se quisesse.

— Eu ia parecer uma idiota... ou uma fraca... — ela disse, reprimindo as lágrimas. Ninguém teria previsto isso em um milhão de anos.

— Certo. Então fique aí sentada e sorria. Ria de se acabar. Finja que estou matando você de rir com coisas engraçadíssimas. Vamos... isso aí... mostre alguns dentes, Fiona... mais. Quero que finja que nunca foi mais feliz em toda a vida.

Ele tinha razão.

— E se eu vomitar?

— Mato você se fizer isso. Aliás, onde comprou este vestido. É daquele da gente morrer por ele.

Só mesmo Adrian para notar o vestido dela numa hora dessas. Ela sorriu de verdade quando respondeu.

— Didier Ludot. É uma peça de alta-costura Dior *vintage*, dos anos 1960. Mal cobre meu traseiro.

— Ótimo. Espero que ele tenha dado uma boa olhada e se sinta tão nauseado quanto você por aquilo de que abriu mão.

Quando ele disse isso, Fiona olhou-o surpresa.

— Pensei que você achava que era tudo culpa minha, por causa das concessões e ajustes que eu não fiz.

— Eu nunca disse isso — ele a corrigiu, e ela pareceu insultada.

— Disse, sim.

— Sou seu amigo, Fiona. Falo quando acho que você está errada. É isso que fazem os amigos. Sou sempre honesto com você. Por isso, disse que achava que você devia se ajustar a ele. Mas acho ele um filho-da-puta de merda por jogar a toalha e se mandar em poucos meses. Você podia ter feito um monte de coisas diferentes, se tivesse tido vontade, como esvaziar os armários para ele, e manter o caos no mínimo. Mas ele devia ter dado um pontapé nos rabos das filhas, despedido a governanta, matado aquela cachorra e ficado com a mulher mais maravilhosa que já existiu. Ele foi um idiota.

Fiona parecia estupefata e satisfeita. Ele nunca dissera o quanto sentira por ela, nem como ficara furioso com John. Ela se achava em um estado tão deplorável porque o amigo tentara atenuar-lhe o estrago, e minimizá-lo, para que ela tivesse a coragem de se reerguer. Ele sempre achara que demasiada compaixão daria a ela permissão para desmoronar e ficar assim. Em vez disso, ela se recompôs admiravelmente.

— Você acha mesmo?

Sentia-se vingada, afinal, e desejou que ele lhe houvesse dito isso antes. Tanto o respeito quanto a empatia por parte dele faziam uma enorme diferença para ela.

— Claro que sim. Você não é a única a ser responsabilizada. Foi tola, e até idiota às vezes, e devia ter-me dado Jamal desde então. Um cara como John não sabe lidar com um despudorado excêntrico como aquele. Precisava ser menos Holly Golightly e mais Audrey Hepburn, e você parece ela nesse vestido, por falar nisso.

Podia permitir-se ser franco com ela agora. Estava ótima. Mais que ótima. Maravilhosa, embora as feridas ainda doessem. Mas sobrevivera.

— Com qual das duas pareço? — ela provocou, mas gostou do que ele acabara de dizer.

— Com a Srta. Hepburn, claro.

— E eu sempre pensei que para você a culpa foi toda minha.

— Claro que não. Porra, ele quase destruiu sua vida, tenha santa paciência. Primeiro a convence com lábia a se casar com ele, e depois a descarta, porque você tem um empregado tresloucado, roupas demais no armário, e as filhas dele são duas megeras delirantes. Grande parte, talvez quase tudo, não foi culpa sua.

Acho que você era simplesmente mulher demais para ele. Você o matava de pavor.

Os dois sabiam que isso era verdade.

— É, acho que sim. E ele fez um trato com as filhas.

— Isso é uma merda. Não se pode deixar os filhos nos chantagear para desistir de alguém que se ama. Ele se apaixonou por quem você é, em toda sua glória, e depois correu como um coelho assustado porque você não era Heidi. Por favor, o cara não tem colhões.

Adrian parecia furioso, e Fiona riu.

— Acho que isso resume tudo.

Ele estava tornando aquele encontro casual com John muito mais fácil para ela. E ela parecia mais relaxada a cada minuto. Quase exultante. E John via isso. Ou pelo menos Adrian esperava que sim.

— Ele devia ter-se agarrado a você e trabalhado para dar certo. Por falar nisso, agora que está prestes a se tornar uma autora famosa, que vai fazer de sua vida?

— Que vida?

Ela o olhou sem expressão. Quase esquecera que John se sentava a duas mesas dali com a grã-fina de seus sonhos.

— É exatamente isso que quero dizer. Você não tem vida. E jovem demais para desistir de tudo. Você é a mulher mais bonita deste restaurante. Não precisa ser a editora da revista *Chic* para ter vida. Precisa começar a sair.

— Quer dizer namorar? De jeito nenhum.

Parecia apavorada com a idéia.

— Não me venha com essa — ralhou Adrian. — Você precisa conhecer gente em Paris. Sair para jantar. Almoçar. Não se preocupe em namorar, se ainda não se sente pronta. Mas, pelo amor de Deus, de vez em quando pelo menos, saia de casa.

— Para quê? Eu sou feliz escrevendo.

E já ia começar outro livro.

— Está desperdiçando sua vida, e vai-se arrepender quando ficar velha. Não vai ser linda assim para sempre. Saia um pouco e se divirta. Do contrário, por que viver em Paris?

— Eu posso fumar.

— Eu vou aparecer por lá e arrastar você para a rua, se não fizer alguma coisa a respeito logo. Está se tornando uma reclusa.

— Não, eu já sou — ela retrucou, parecendo confiante e incrivelmente glamourosa.

Fiona tinha uma coisa que não se via em nenhuma mulher, e de onde John se sentava, a duas mesas dali, também notara isso. Tinha coragem, atrevimento e classe, junto com uma beleza que o deixava sem ar. E Elizabeth Williams não estava nada satisfeita. Ele vinha tentando não olhar Fiona desde que ela se sentara, mas a atração dela era mais poderosa, e ele não parava de olhá-la. Ela parecia estar-se divertindo à beça, pois não o olhara sequer uma vez desde que se sentara.

— Você nunca me disse que ela era linda assim — disse Elizabeth, queixosa — e tão jovem. Achei que tivesse dito que tinha 40 e poucos anos.

— E tem. Apenas está bem para a idade dela. Parecer bem é a atividade dela. Dirige uma revista de moda, ou dirigia.

Sempre se perguntara por que ela se demitira. Ouvira rumores de problemas de saúde, e não tinha a mínima idéia sobre se era verdade. Parecia-lhe bastante saudável. Ele se perguntava se ela apenas não se enchera do trabalho. A coincidência com o momento da separação jamais lhe ocorrera. Às vezes os homens simplesmente não são muito espertos sobre coisas como essa. Nunca se deu conta de que ela deixara o trabalho por causa dele.

— É uma moça muito bonita — admitiu Elizabeth, por entre dentes cerrados, e começou a queixar-se de todos os problemas que vinha tendo com o desfile de moda da associação beneficente. Todo mundo menos ela teria percebido que John parecia entediado. Ela adorava ouvir-se a si mesma.

Para grande alívio de Fiona, quando a comida que haviam pedido foi posta diante dela e de Adrian, John pagou a conta, e sem olhá-la levantou-se com Elizabeth e saíram. Só uma vez, assim que os dois chegaram à calçada, tentando decidir se iam para casa dele ou dela, ele olhou para o restaurante através da vidraça da janela panorâmica e viu Fiona rindo e conversando com Adrian. E exatamente como Adrian antes, percebeu a impressionante semelhança dela com Audrey Hepburn. Tinha os olhos fixos nela, mas Elizabeth não notou. Reclamava da filha de 22 anos e do filho de 14. Era viúva e andava atormentando John para passar mais tempo com eles, e ele hesitava em fazer isso. Não queria enganar os filhos dela nem criar falsas expectativas, e não tinha ainda certeza da seriedade do compromisso que queria ter com a mãe deles. Levara muito tempo para superar seu relacionamento com Fiona. E tinha certeza de que superara. Até essa noite. Quase esquecera como era linda, e de como apenas vê-la o virava do avesso. Sem pretender, ou sem o saber, ela o deixava mais uma vez assim.

— Você não está me escutando — queixou-se Elizabeth, e ele voltou sua atenção para ela. — Não me escutou a noite toda.

Ele não ouvira uma única palavra do que ela dissera desde que Fiona entrara no restaurante.

— Perdão. Eu estava pensando em outra coisa.

— Perguntei por que não vamos para sua casa. Meus filhos estão na minha.

— Sinto muito, Elizabeth. Tive uma dor de cabeça incrível o dia todo. Você se incomodaria se eu a deixasse em sua casa?

Queria ir para casa e ficar sozinho com seus pensamentos. Não estava a fim de fazer amor com ela aquela noite. Às vezes apenas ficar com ela já era um desgaste incrível. E ela não poderia dizer-lhe nada, se ele não se sentia bem. Deixou-a em casa alguns minutos depois e voltou para seu apartamento de táxi.

Fiona e Adrian terminavam o jantar àquela altura, voltaram para o apartamento dele e conversaram sobre Andrew Page. Ela morria de impaciência para saber como fora o almoço dele com a editora no dia seguinte. Quando nada, pensar no livro mantinha a mente dela afastada de John.

Capítulo 14

FIONA ASSINOU O CONTRATO com Andrew Page no dia seguinte, e no fim daquela tarde ele telefonou para o celular dela. O almoço fora bem, e a editora aceitara ler o livro. Ficara empolgada com a história quando ele a descrevera, e impressionada ao saber quem era a autora. Sabia quem era ela. Achou que seria fabuloso publicar um livro de Fiona, e sem dúvida isso fazia parte do pacote que tinham de vender. Beleza e classe não eram tudo, mas certamente ajudavam.

No fim da semana, Fiona já realizara tudo que fora fazer em Nova York. Vendera a casa, passara um tempo com Adrian, encontrara um agente e uma importante editora examinava a possibilidade de publicar seu livro. Andrew enviara o manuscrito à editora-assistente no dia seguinte. Chegara até a topar com John. Não fora fácil, mas conseguira tirar de letra. Isso estava fadado a acontecer um dia. Não o superara inteiramente, mas fizera progresso e chegaria lá. Agora ansiava por voltar para Paris e começar o novo livro. Ia trabalhar no plano geral já no avião.

Adrian prometera passar o Natal com ela em Paris naquele ano. E, quando voltasse, ela ia ter de fazer um sério esforço para encontrar uma casa que pudesse comprar. Deixara suas coisas num depósito em Nova York, mas começava a ficar ansiosa por tornar a vê-las. O apartamento onde morava lhe convinha, mas queria uma coisa permanente. Tinha certeza a essa altura de que não ia se mudar de volta para Nova York. Era difícil acreditar que já partira há um ano. E ficou aliviada ao descobrir que não sentia mais falta do trabalho. A princípio sentira, mas agora a atividade literária a encorajava. Era a realização de um sonho. Embora outros houvessem morrido.

Uma semana após seu retorno, Fiona vira duas casas de que não gostara, e começou a escrever o novo livro. Estava em plena atividade, e próximo ao feriado de Ação de Graças em novembro já fizera um bom progresso. Recebera a essa altura, por intermédio de Andrew Page, notícia da assistente editorial, que recusara o livro. Tinham considerado o livro sério demais para eles, e um tanto inadequado. Mas ele não se sentiu desencorajado e exortou-a a não ficar também. Já o enviara a outra pessoa.

Na manhã do dia de Ação de Graças, Adrian telefonou. Estava acordado desde as cinco da manhã, começando a rechear e preparar os perus. Ia receber trinta pessoas para jantar, e disse que logo ia pirar.

— Estou me sentindo um ginecologista. Já recheei cinco aves.

— Você é nojento — ela disse, rindo.

— E que vai fazer você hoje?

— Nada. Aqui não é feriado. Vou trabalhar no meu livro.

— Isso é sacrilégio — ele a repreendeu. — Então vai agradecer pelo quê?

Era uma boa pergunta, e boa para lembrá-la de que tinha muito pelo que ser grata, embora as coisas não houvessem saído como planejara.

— Você — ela respondeu, sem hesitar. — E meu trabalho.

Era grata por ter terminado um livro e começado o segundo.

— Só isso? É uma lista patética.

— É suficiente — ela disse, serenamente. — Ainda não fizera nada em relação à sua vida social, e na verdade não se importava. — Estou ansiosa por ver você em poucas semanas — acrescentou, feliz.

Adrian iria a Paris no Natal, e os dois vinham fazendo planos. Ele ficaria hospedado na casa dela, como ela ficara com ele em Nova York. Ele ficaria no quarto de hóspedes e haviam combinado de ir a Chartres, pois ele não conhecia. E ele voltaria mais uma vez em janeiro para os desfiles. Ela adorava saber que o veria duas vezes nos dois meses seguintes. Ainda era o melhor amigo que já tivera.

Ela lhe desejou sorte com o jantar, um Feliz Dia de Ação de Graças, sentiu-se nostálgica por um minuto e então lembrou que isso de nada lhe serviria. Tinha coisas melhores a fazer do que sentir pena de si mesma, embora tivesse saudades de casa quando pensava no jantar que ele ia dar e desejasse estar lá.

Acabava de recomeçar mais uma vez a escrever, quando o telefone tocou. Achou que podia ser Adrian de novo, pedindo-lhe conselho sobre as aves. Era raro alguém lhe telefonar; às vezes passava dias sem falar com ninguém. E falara com Andrew Page na véspera. Ninguém além de Andrew e Adrian ligava para ela, e seu agente não ia telefonar-lhe no dia de Ação de Graças.

— Por que está me ligando? Não sei cozinhar — ela disse, esperando ouvir a voz de Adrian, e se surpreendeu quando viu que não era.

Embora fosse uma voz conhecida, não conseguiu identificá-la por um momento. E então o coração deu uma guinada quando a identificou. Era John.

— É uma senhora confissão. A verdade acaba se revelando. Você sempre me disse que sabia.

— Desculpe — ela disse, nervosa. — Achei que era Adrian. Ele está preparando um jantar de Ação de Graças em Nova York.

Não tinha a mínima idéia de onde ele estava telefonando e não sabia ao certo se estava interessada em saber. Ela não ia mais se permitir dar importância. Prometera isso a si mesma em Nova York. Era estranho que ele houvesse telefonado. Jamais telefonara para ela desde que partira. Todas as comunicações, as poucas que ocorreram, haviam sido feitas através dos respectivos advogados. Mergulhou em silêncio enquanto esperava saber por que ele ligara.

— Eu estive em Londres fechando alguns negócios e parei em Paris a caminho de casa — ele explicou. — Acabei de ter uma idéia louca. É dia de Ação de Graças, e imaginei se você não gostaria de almoçar ou jantar comigo no Le Voltaire.

Sabia que era o restaurante preferido dela e também gostara muito quando haviam estado lá juntos. Parecia sem jeito ao convidá-la. E fez-se uma longa pausa por parte dela.

— Por quê?

Ela disse apenas isso. Qual o sentido?

— Pelos velhos tempos, ou qualquer coisa assim. Talvez possamos ser amigos.

Mas ela não queria ser sua amiga. Fora apaixonada por ele, e ainda era. Soubera disso quando o vira em Nova York. E ele encontrara uma mulher que parecia idêntica a Ann.

— Não tenho certeza se preciso de um amigo — respondeu sem rodeios. — Não sei como funcionam essas coisas. Nunca fui divorciada antes. Sou uma amadora nesses assuntos. Devemos ser amigos?

— Se quisermos — ele disse, cautelosamente, embora se sentisse estranho ao responder. — Eu gostaria de ser seu amigo, Fiona. Achei que o que nós dois tivemos foi especial. Apenas não deu certo.

Parecia que não, pois ele a deixara em menos de seis meses e continuava tentando se justificar pelo que fizera. Ela lembrou das palavras de Adrian, afirmando que achara péssimo John cair fora daquele jeito, e que nem tudo fora culpa dela. Sentira-se melhor consigo mesma depois que o amigo lhe dissera isso.

— Eu não tenho raiva de você — ela disse, francamente. — Acho que estou apenas magoada.

Muito, muito, muito magoada. Era uma declaração atenuada da verdade. Nos primeiros meses, chegara a pensar se continuaria vivendo, e em vez disso largara o emprego, desistira da carreira, da casa e mudara-se para Paris. Mágoa nem começava a descrever isso. Mas, no fim, tudo dera certo. Tinha uma nova carreira e, com sorte, venderia um livro.

— Eu sei — disse John, tristonho, ao ouvir que ela ficara magoada. — Eu me sinto muito culpado por isso.

E devia se sentir mesmo.

— Está certo.

Ela não disse que Adrian também pensava assim.

— Eu simplesmente não soube como lidar com a sua vida. Éramos tão diferentes. Diferentes demais.

Ele tentou explicar, e ela o interrompeu. Não queria ouvir tudo mais uma vez. Estava tudo acabado.

— Acho que já passamos da fase das justificativas. Como vai sua amiga?

— Que amiga? — ele perguntou, confuso.

— A senhora da sociedade filantrópica que vi com você no La Goulue.

Ele ficou aturdido.

— Como soube que ela é da sociedade filantrópica? Vocês se conheciam? — perguntou surpreso.

Elizabeth não lhe dissera que se conheciam, e ele parecia surpreso.

— Não. Ela apenas parece — respondeu Fiona. — Está escrito na testa dela. E parece com Ann.

— É, parece, sim.

E então ele riu e decidiu ser franco com ela. Era um pequeno passo para a amizade, que era o que pretendia quando telefonara.

— Para dizer a verdade, ela me chateia.

— Sinto muito. — Fiona odiou-se por isso, mas ficou satisfeita em saber. — Ela é bonita.

— Você também. Estava fabulosa no La Goulue. Paris combina com você. Que anda fazendo?

— Escrevendo. Romances. Terminei um livro neste verão e acabei de começar outro. É divertido. Eu gosto. Estava em Nova York para procurar um agente.

— E encontrou?

Ele ficou interessado. Tudo nela sempre o intrigara. Ainda a achava espantosa, e isso provava que era mesmo. Abandonara uma das mais bem-sucedidas carreiras em Nova York, mudara-se para Paris e começara outra. E ele tinha certeza, conhecendo-a, de que o livro seria um best-seller.

— Assinei contrato com Andrew Page.

— É impressionante. Ele já conseguiu vender para alguém?

— Não, mas já tive a minha primeira rejeição. Portanto, agora sou oficialmente uma escritora.

Desconfiava que haveria muitas outras recusas, mas Andrew parecia confiante em que poderia vender sua obra, por isso não estava preocupada.

— Por que não falamos sobre isso no almoço? Se ficarmos ao telefone mais tempo, não vai sobrar nada para dizer. — Ela não sabia se tinha mais alguma coisa a dizer mesmo. — Você se encontraria comigo no Voltaire, ou algum outro lugar que prefira? — Ele pareceu mais confiante do que de fato se sentia, e isso a aborreceu. Por que telefonara? Qual o sentido? Estava acabado. E ela não precisava, nem queria, a amizade dele. Hesitou um longo tempo remoendo o convite, e ele ficou preocupado. — Vamos, Fiona. Por favor. Eu sinto falta de conversar com você. Não vou magoá-la.

Não precisava. Já magoara. Demais. Ela achava que o perdoara, mas agora começava a ter dúvidas.

— Não posso ficar muito tempo — acabou dizendo Fiona, e ele respirou devagar do outro lado da linha. — Tenho de voltar ao trabalho. É difícil recomeçar quando me interrompo.

— É dia de Ação de Graças. Podemos pedir peru, galinha, qualquer coisa assim. Ou profiteroles.

John se lembrara da fatal fraqueza dela pelo doce. Lembrava-se de muitas coisas sobre ela. A maioria boa. Apenas raramente se lembrava das ruins. E essas não mais pareciam tão importantes. Grande parte parecia bobagem agora. Como os armários. As pessoas loucas que ela conhecia e amava. E Jamal, circulando pela casa de sarongue e as sandálias douradas da patroa.

— A que horas vai se encontrar comigo? — ele perguntou.

— À uma hora — ela respondeu com voz neutra, sentindo-se tola por deixá-lo convencê-la a aceitar com conversa fiada.

E sempre adorara a voz dele.

— Devo pegar você aí? Estou no Crillon e tenho carro.

Ela não tinha, mas isso não era problema dele. Podia ir a pé de onde morava.

— Encontro você lá.

— Vou pedir à recepcionista para reservar uma mesa. Obrigado por vir almoçar. Vai ser bom ver você.

Continuava com a visão que tivera dela desde que a vira no La Goulue. E Elizabeth referira-se a ela várias vezes. Era uma adversária perigosa, e um osso duro de roer.

Fiona ficou se olhando no espelho após desligar. Arrependera-se de haver concordado em encontrar-se com ele. Além de cansada, tinha olheiras de escrever até altas horas, e os cabelos sujos. Mas, apesar da aparência, não queria vê-lo, disse a si mesma, e depois gemeu, compreendendo que queria. Pôs mãos à obra então, tomou um banho, lavou a cabeça, raspou as pernas sem nenhum motivo especial e escavou o armário à procura de um vestido decente. No fim, decidiu-se por calça de couro preto, uma camiseta branca e um suéter de pele que Adrian adorava. Também comprara o suéter na Didier Ludot, a mais famosa loja de preciosidades *vintage* em Paris, onde ela fazia compras regularmente, e adquirira uma coleção de bolsas Hermès antigas. Pegou uma delas, grande, de crocodilo vermelho, e sapatos baixos para combinar.

Quando chegou ao restaurante Le Voltaire, era um destroço de nervosismo. Não sabia por que aceitara encontrar-se com ele.

Prendera os cabelos numa única trança longa nas costas. Não tinha a mínima idéia de como estava linda ao entrar, um pouco sem ar, com um halo de fios de cabelos que se soltara e lhe emoldurava o rosto e os grandes olhos verdes em que ele ainda pensava com freqüência. As calças de couro modelavam o corpo dela e só o faziam pensar, olhando-a, no idiota que ele fora.

— Desculpe pelo atraso — ela disse. — Vim a pé.

— Não está atrasada — ele a tranqüilizou. — Onde você mora? — perguntou-lhe, quando o *maître* os levou para o reservado no canto que ela e Adrian adoravam.

John conseguira o número do telefone dela do serviço de informação, mas não tinha o endereço.

— No 7ème Arrondissement — ela respondeu vagamente. Encontrei um ótimo apartamento. Agora venho tentando comprar uma casa.

— Vai ficar aqui para sempre? — ele perguntou, com um ar de interesse.

Ela disse que sim com a cabeça, assim que se sentaram. E do outro lado da mesa ele a olhou e sorriu. Ela continuava tão linda quanto ele se lembrava, porém mais vulnerável e acessível do que se mostrara em Nova York. E mais glamourosa ali no sensual traje preto. Em Paris, ela parecia mais jovem e mais real.

— Que Sir Winston acha de Paris? — ele perguntou, com um sorriso amável, e Fiona olhou para o outro lado.

— Ele morreu há um ano — respondeu sem rodeios e pegou o cardápio para distrair-se, a fim de não chorar.

— Oh, meu Deus — John pareceu arrasado. Teve vontade de perguntar o que acontecera, mas não ousou. — Sinto muito. Sei o quanto ele significava para você. — Ela tivera a companhia de Sir Winston por 15 anos quando ele morrera. — Arranjou outro cachorro?

— Não — ela respondeu apenas, e olhou para ele. — Eu me afeiçôo demais. Não é uma boa idéia.

Ele sentiu que ela também se referia a ele. O breve casamento dos dois custara muito a ela, mais ainda que a ele. Percebeu isso nos olhos dela. A dor que viu ali o atingiu direto no coração.

— Devia arranjar um buldogue francês. Combinaria com você — tentou aliviá-la.

— Eu não quero. Chega de cachorro. Além disso, dão muito trabalho. — Ela tentou parecer dura, mas só conseguiu transmitir tristeza. E ele continuou tendo a impressão de que estavam falando dele, não do cachorro. — Então, que vamos comer?

— Será que eles têm um cardápio de Ação de Graças? — ele a provocou, mas ainda se sentia péssimo em relação ao cachorro. Sir Winston devia ter morrido logo depois que ele a abandonara. E soube que devia ter sido um terrível golpe acrescentado ao seu.

Decidiram-se pela salada de cogumelo fatiado que ela sempre comia, e ela ficou dilacerada entre lingüiça de fígado ou chouriço, mas ele fez uma terrível careta, que a fez rir.

— Que coisa horrível para se comer no dia de Ação de Graças. Você devia pelo menos pedir algum tipo de ave.

No fim, ela acabou escolhendo vitela, e ele *steak tartar*. Concordaram em dividir *pommes frites*, que ele sabia serem deliciosas ali. E então ele perguntou sobre o livro dela.

Conversaram por uma hora sobre o livro, e pareceu-lhe fascinante.

— Você me emprestaria um manuscrito? — ele pediu. — Eu adoraria ler.

— Não tenho nenhum de sobra. — Ela continuava cautelosa com ele, mas falara muito sobre o livro. Ele ficou sabendo, pela descrição que ela fizera, das profundezas que ela rebuscara dentro si mesma para escrevê-lo e da dor que isso devia ter-lhe causado. — Dou-lhe um exemplar quando for publicado, se vier a ser — ela prometeu.

— O novo romance é sobre o quê? — ele perguntou.

Passaram mais outra hora falando disso. E a essa altura já dividiam profiteroles.

— Há quanto tempo está aqui? — ela perguntou, comendo a última deliciosa bombinha recheada e coberta de calda de chocolate, parecendo uma menina.

Ele sabia o quanto ela adorava chocolate, e comeu mais quando o garçom lhes trouxe os grãos de café cobertos de chocolate que sempre serviam no fim da refeição.

— Só há dois dias. Passei alguns dias em Londres e tenho trabalho aqui amanhã. Volto para casa no sábado. Meu convite para jantar ainda está de pé, se me comportei satisfatoriamente no almoço.

Ela sorriu.

— Você se saiu bem — admitiu. — Eu não queria vir.

— Eu sei. Imaginei isso ao telefone. Que bom que você veio — ele disse, amavelmente. — Sinto muito pelo que aconteceu. Eu fui um verdadeiro bosta.

Ela ficou impressionada com a franqueza dele. De certo modo, se sentia vingada.

— É, você foi um bosta. Mas eu também permiti que acontecesse um monte de coisas absurdas. A orgia do fotógrafo com o traficante de drogas na sala de estar foi decididamente um ponto negativo da minha carreira. Lamento que isso tenha acontecido, e um monte de outras coisas imbecis. Talvez você fique feliz em saber que dei grande parte de minhas roupas quando me mudei. Não sei por que era tão possessiva com meus armários. Acho que era obsessão com o guarda-roupa. É muito mais simples aqui. Não trouxe quase nada. — Embora ela houvesse comprado muita coisa, sobretudo na Didier Ludot. — Minha vida é muito mais simples hoje, de muitas maneiras. Quero mantê-la assim. — Falou com firmeza.

— Em que sentido? — ele perguntou, curioso sobre ela agora.

De algum modo Fiona parecia diferente. Ao mesmo tempo mais frágil e mais forte, além de mais intimista e tranqüila. Como se houvesse sofrido muito e se recuperado. Ele sabia que quase tudo por causa dele. Mas ela também enfrentara outros demônios, como o abandono do pai, a morte da mãe, as agonias da infância e um padrasto que a estuprara, embora jamais houvesse contado isso a ninguém, a não ser ao terapeuta, nem mesmo a John. Estava tudo no livro. Ela passara inúmeros anos em terapia durante o incidente com o padrasto e fizera as pazes com isso tempos atrás.

— Livrei-me de um monte de inutilidades da minha vida — disse com simplicidade. — Pessoas, roupas, objetos, posses. Um monte de coisas de que não gostava, ou não precisava, mas achava que sim. Isso torna a vida muito mais simples. E de algum modo mais limpa. — Então o olhou. — Lamento ter tido uma atitude tão péssima em relação às suas filhas.

— Você não fez nada de errado, Fiona. Elas é que foram horríveis com você. Eu devia ter controlado melhor a situação, mas como não sabia o que fazer, eu fugi.

— Eu devia ter tentado conquistá-las com mais afinco. Não sou muito boa com filhos. É bom que nunca tenha tido os meus.

— Você se arrepende?

— Não, não me arrependo. Acho que teria sido uma péssima mãe. Minha própria infância não foi boa. A única coisa de que me arrependo é não ter feito dar certo com você. Acho que foi a pior derrota da minha vida. Estava envolvida demais com muitas coisas insignificantes, como minha própria importância e como queria fazer tudo, e meu trabalho. Acho que vinha surfando alto numa onda enorme, e achava que eu era o máximo. Depois fui reduzida ao meu tamanho natural.

Ele gostava do tamanho que ela tinha agora, em muitos aspectos. Mas gostara dela na época também. Ela o derrubara assim que a vira, e continuava derrubando sem muito esforço. Porém tomava cuidado para não fazê-lo. Não tinha a menor idéia do efeito que exercia sobre ele. Estava ocupada demais resistindo ao que ainda sentia por ele.

— Você sente falta do seu trabalho? — ele perguntou, curioso.

— Não, não sinto. Acho que já tinha realizado muito e era hora de seguir em frente. E Adrian tem feito um trabalho fabuloso. — Mas ela também o fizera. — Eu tive uma boa chance. E agora adoro escrever meus livros.

Não havia nada que ela não pudesse fazer bem, ou assim achava John, que inesperadamente, enquanto pagava a conta, disse:

— Eu adoraria conhecer seu apartamento.

Ela o olhou como se houvesse sido atingida por um raio.

— Por quê? — perguntou, parecendo apavorada.

— Relaxe. Só curiosidade. Você tem um bom gosto esplêndido. Na certa é maravilhoso, conhecendo-a como conheço.

— É muito pequeno — ela disse, levantando guarda. Deixara-o ir longe demais. — Mas eu gosto. Combina comigo. Não sei nem se quero me mudar, mas acho que vou. Gostaria que os proprietários me vendessem a casa toda. Eles moram em Hong Kong e nunca vêm aqui.

Vinha tentando fazer o corretor examinar a possibilidade, e ele escrevera uma carta, mas Fiona ainda não recebera nenhuma resposta. A locação era perfeita e a casa adorável. Desejava comprá-la se pudesse.

John tinha um carro com motorista do lado de fora, e a tarde esfriara. Fiona tremia no vento apesar do suéter de marta, e ele se virou para ela com um sorriso cauteloso, embora tivesse adorado o almoço. E, em alguns aspectos, alegrava-a que tivesse. Fora agradável pedirem desculpas um ao outro e admitirem que haviam se enganado em relação a algumas coisas. Talvez ele tivesse razão, e pudessem ser bons amigos, embora ela não estivesse ainda inteiramente segura. Queria pensar a respeito.

— Posso lhe dar uma carona? — ele ofereceu, e ela hesitou e depois concordou.

Sentou-se ao lado dele e deu o endereço ao motorista.

Ele ficou impressionado quando viu o prédio da rua. Era um imponente *hôtel particulier* do século XVIII, mas a verdadeira pedra preciosa estava no pátio dos fundos, onde ela morava. Fiona lhe explicou apontando o telhado. Mal se via a casa nos fundos. Depois, com um olhar cauteloso, perguntou-lhe se queria subir.

— Só um minuto. Tenho de voltar ao trabalho — ela acrescentou, e ele fez que sim com a cabeça.

Seguiu-a pela imensa porta no prédio da frente, por onde outrora haviam passado carruagens puxadas a cavalo, e entrou num pátio que lhe pareceu mágico. Era tão típico de Fiona ter encontrado isso. E a casa onde ela morava era tão bonita quanto descrevera. Ela usou a chave e o código, desligou o alarme, ele acompanhou pela escada ligeiramente torta, e um momento depois chegavam ao apartamento. Como ele desconfiara, era lindo, e belamente decorado. Ela o enchera de orquídeas, pendurara alguns quadros e comprara algumas peças de mobiliário. O efeito geral era de conforto e aconchego, com sua própria marca inimitável de exótico chique. Totalmente Fiona. Ela o conduziu por mais um lance de escada acima até o estúdio com jardim no terraço onde trabalhava, e ele deu um grande sorriso quando o viu.

— É tão você. Adorei.

Ele adoraria sentar-se ali e tomar uma xícara de chá, mas ela não o convidou. Parecia ansiosa para que ele fosse embora. Os dois já haviam ficado juntos tempo suficiente. Ela precisava recuperar o fôlego. E, sentindo isso, um momento depois ele foi embora.

Fiona levou horas para voltar ao trabalho. Sentia-se assombrada pelo almoço com ele no Le Voltaire. E pensar nisso a dispersava. Ouvia o tempo todo as coisas que ele dissera. Caminhando pela margem do Sena e depois descendo o Faubourg Saint Honoré, ele fazia o mesmo. Continuava a ver o rosto dela, ouvir a voz, sentir o perfume. Ela ainda o estonteava da mesma maneira que antes, talvez até mais agora que parecia ter amadurecido. Ele gostava da mulher que ela se tornara, embora a um imenso preço. Mas se sentia menos culpado agora que antes. De algum modo, achava que os dois haviam encontrado um lugar melhor. E adorou o apartamento onde ela morava.

Telefonou-lhe à noite, mas ela não atendeu. Ele desconfiou que ela estava em casa, enquanto falava com a secretária eletrônica. Ela estava ouvindo e se perguntando por que ele telefonara. Ele agradeceu por tê-lo convidado a subir e conhecer o apartamento

mento. No dia seguinte, querendo apenas ser educada, ela telefonou e agradeceu pelo almoço.

— Que tal jantar esta noite? — ele sugeriu, como fizera na véspera, e ela pareceu infeliz quando abanou a cabeça.

— Não acho que seja uma boa idéia — respondeu, rígida.

— Por que não? — ele perguntou, com voz tristonha.

Queria vê-la. De repente sentia mais falta dela que no ano anterior, e teve a assustadora sensação de que deixara um diamante inestimável escapar-lhe pelos dedos. Deixara mesmo, e à sua própria maneira ela também. Mas ela estava disposta a conviver com a perda. Acomodara-se a ela, e não tinha o menor desejo de reabrir velhas feridas. Sabia de uma coisa e nela acreditava: por mais arrependimentos que tivesse, jamais poderia voltar no tempo. E lhe disse isso.

— Eu não estava sugerindo voltarmos ao passado. Mas seguirmos em frente. Se nada mais for possível, ainda podemos ser amigos.

— Não sei bem se eu posso. Isso me deixa triste demais. É como olhar fotos de Sir Winston. Também não posso fazer isso. Machuca demais.

— Lamento muito saber — ele disse, cheio de pesar.

Tinha uma reunião de negócios para ir e não podia mais demorar ao telefone falando com ela. Prometeu telefonar-lhe depois, mas antes que o fizesse, chegou um enorme buquê de flores da Lachaume. Era a coisa mais espetacular que ela já vira, o que a deixou sem graça e preocupada. Não queria recomeçar coisa alguma com ele. Deixou-lhe um recado gravado no hotel, sabendo que ele tinha saído, pois não queria falar com ele. Quando ele ligou, não atendeu. Deixou-o falar com a secretária eletrônica.

Mais uma vez ele a estava convidando para jantar naquela noite. Sugeria o Alain Ducasse, ou qualquer coisa comparável, ou algo mais simples, se ela preferisse. Ela não ligou de volta, e ficou sentada à escrivaninha até tarde da noite. Continuava ali, de calça jeans azul e suéter velho, quando ouviu a campainha. Não podia imaginar quem fosse, e atendeu ao interfone do estúdio.

— *Qui est-ce?* — perguntou em francês.

— *Moi* — respondeu uma voz conhecida.

Eram onze horas da noite.

— Que faz aqui? — ela respondeu, reconhecendo que era John.

— Trouxe o jantar. Imaginei que não deve ter comido. Posso levar aí em cima?

Ela não sabia se ria ou chorava. Relutante, apertou o botão para abrir o portão e desceu para abrir a porta da frente. Encontrou-o em pé com uma caixa num saco de papel.

— Você não devia fazer isso — ela disse com uma carranca, tentando parecer severa.

Era uma expressão que aterrorizara seus assistentes durante anos, mas ele a conhecia melhor e não o assustou. Ela levou o saco para a cozinha, e quando o abriu viu que eram profiteroles do Le Voltaire. Virou-se então para ele com um sorriso e disse:

— É como meu traficante de drogas batendo à porta.

— Imaginei que você precisava da energia, ou calorias, ou seja lá o que for.

Foi gentil da parte dele, mas ela não queria ser tentada mais uma vez. Profiteroles. Flores. Almoço. Ele era um homem em missão, ou busca. E ela não queria ser sua recompensa.

— Quer um pouco? — ela perguntou, pondo os profiteroles numa travessa. Apesar de suas reservas, não pôde resistir ao que ele trouxera, e lhe entregou uma colher enquanto se sentava à mesa da cozinha e ele ao seu lado, também comendo um. — Não quero me meter numa embrulhada com você — ela disse francamente. — Você partiu meu coração uma vez. Bastou.

Foi uma declaração calma que o atingiu como um soco.

— Eu sei. Fico meio louco toda vez que estou junto de você, Fiona.

Era uma clássica atenuação da verdade factual. Ficara mais que louco quando fora embora.

— Tenho tentado me manter longe de você. É melhor para nós dois — ela continuou.

— Não tenho certeza se é — ele disse, igualmente franco com ela. Sempre haviam apreciado a companhia um do outro, e ela gostava disso. Ou gostara. — Talvez a gente precise tirar isso do organismo.

Ela fez que não com a cabeça, o lábio superior cheio de chocolate, o que o fez sorrir. Gostaria de poder lambê-lo.

— A gente já fez isso. Está fora de nosso organismo. Vamos deixar tudo como está. Pelo nosso bem. Não vamos querer destruir mais uma vez a vida um do outro. Já fizemos isso uma vez.

— E se desse certo desta vez? — ele perguntou, esperançoso, querendo convencê-la e ao mesmo tempo morrendo de medo.

— E se não desse? Iríamos sair os dois feridos. Muito mesmo, demais.

Era como a decisão dela sobre cachorros. Não queria mais tê-los. Não queria se afeiçoar demais. Tampouco queria isso para ele. Queria, claro, mas não a dor que inevitavelmente viria junto, nem as filhas dele, nem sua governanta, nem a cachorra insanamente agressiva. Mas não lhe disse nada isso, disse apenas:

— Além disso, suas filhas vão fazer você ficar novamente enlouquecido.

— Elas estão um pouco mais velhas agora. E eu tenho mais experiência. A Sra. Westerman se aposentou e foi para Dakota do Norte. Tinha imensa influência sobre as meninas. E sempre poderíamos pôr Fifi num canil. Como ficou seu tornozelo, por falar nisso? Nenhum dano permanente, espero.

Fiona riu da idéia.

— É uma cachorra dos diabos.

— Uma cachorra do inferno — ele a corrigiu, e ela mais uma vez riu. — Está com Hilary na Brown. Permitem cachorros lá. Talvez Fifi adquira educação e tome jeito.

— Quer uma taça de vinho ou qualquer outra coisa? — ela ofereceu, e ele hesitou, parecendo desculpar-se.

Intrometera-se na vida dela e sabia disso, mas não queria perder essa oportunidade, enquanto estivesse em Paris.

— Estou impedindo você de trabalhar? — perguntou.

— Sim, mas já interrompeu. De qualquer modo, estou muito cansada agora. E os profiteroles me deixam preguiçosa. Quer um porto?

Ainda se lembrava do quanto ele gostava, mas ele se decidiu desta vez por uma taça de vinho branco, e ela serviu uma taça para ele e outra para ela.

Instalaram-se na pequena sala de visitas do apartamento, John acendeu o fogo na lareira e retomaram a conversa sobre o novo livro dela, o trabalho dele e o novo apartamento que ele queria comprar em Nova York. Foram passando de um assunto ao outro, e o companheirismo que partilhavam enterneceu o coração dos dois. John continuava falando sobre uma casa que vira e pela qual se apaixonara em Cape Cod, quando ela se curvou para servir-lhe outra taça de vinho e ele delicadamente estendeu a mão e tocou a face dela.

— Eu te amo — ele sussurrou à luz da lareira.

Ela estava mais linda que nunca no velho suéter, os cabelos numa trança despenteada.

— Eu também o amo — sussurrou de volta —, mas isso não importa mais.

O momento passara para os dois. Mas, assim que ela pensou nisso, ele a beijou, puxou-a para junto de si, e antes que ela pudesse protestar ou até pensar nisso já o beijava. Era exatamente o que não queria fazer, mas não se lembrava mais, pois um ano de fome de um pelo outro os dominou e, parecendo apenas momentos depois, acabaram na cama dela. Foram sobrepujados por tamanha paixão um pelo outro e se passaram horas até pararem e recuperarem o fôlego. Ela já estava meio adormecida.

— Essa foi uma idéia terrível — sussurrou-lhe no peito, acomodando-se para dormir nos braços dele e ele sorriu.

— Não, não foi, foi a melhor idéia que já tivemos — ele disse, ajeitando-se também para dormir.

E quando ela acordou de manhã, perguntando-se se fora um sonho, fitou-o descrente.

— Oh, meu Deus — disse, olhando-o. Ele já acordara e estava ali deitado abraçando-a e parecendo muito satisfeito consigo mesmo. — Não acredito que fizemos isso — ela continuou, com uma expressão mortificada. — Devemos ser loucos.

— Alegro-me que tenhamos feito — ele disse, feliz da vida, rolando para o lado a fim de olhá-la, e sorriu ao ver o rosto dela. — Deixar você foi a coisa mais idiota que eu já fiz. E tudo que queria durante esse último ano era uma segunda chance. Jamais achei que fosse possível, senão teria me aproximado de você mais cedo. Achei que você me odiava. Tem todo o direito, e me espanta que não me odeie. Teria apenas deixado as coisas assim do jeito que estavam, apesar do quanto ainda a amo. Mas quando a vi no La Goulue, em Nova York, simplesmente não pude mais. Percebi que tinha ao menos de ver e conversar com você. Fiquei louco por você desde aquela noite.

— E quer uma segunda chance para quê? — ela perguntou, sentando-se e olhando-o com um ar furioso finalmente. — Para me abandonar de novo? Eu não vou voltar para você — disse, com um olhar de feroz determinação, e levantou-se de um salto da cama. Ele admirou as longas e graciosas pernas dela. Ela tinha um corpo primoroso que lhe desmentia a idade. — Nem moramos mais no mesmo país — acrescentou, como se esse fosse o único motivo para não recomeçar o relacionamento. — Não acredito em romances desse tipo. E também não vou voltar para Nova York. Estou muito feliz aqui.

— Bem, agora que tiramos tudo isso do caminho, que tal eu fazer o café-da-manhã para nós? E me permita salientar que se não voltar para mim, Fiona Monaghan, isso a torna não mais que uma ficada de uma noite, e você não é essa espécie de mulher. Nem eu essa espécie de homem.

– Então aprenderei a ser. Eu jamais vou me casar com você de novo.

— Não me lembro de ter pedido que se casasse — ele disse, levantando-se da cama. Aproximou-se dela e a abraçou. — Eu amo você, e acho que você me ama. O que decidirmos fazer a respeito disso permanece uma questão aberta a alguma conversa.

— Eu não vou conversar sobre isso com você — ela retrucou, obstinadamente, ainda em pé ali, nua, junto dele, embora sem resistir aos abraços dele. Adorara a noite tanto quanto ele. — Achei que você ia partir.

— Meu avião só sai às quatro da tarde. Só preciso ir para o aeroporto à uma. — O relógio na mesinha-de-cabeceira marcava nove, o que lhes dava exatamente quatro horas para resolver o problema. — Podemos discutir isso durante o café-da-manhã.

— Não há nada para discutir — ela disse e saiu enfurecida para o banheiro, entrou e bateu a porta com força.

Ele vestiu as calças e foi preparar o desjejum. Ela se juntou a ele dez minutos depois, após escovar os dentes, pentear os cabelos e pôr um roupão cor-de-rosa.

— Você roubou esse roupão do Ritz? — ele perguntou interessado, mexendo ovos numa frigideira, fritando bacon e parecendo muito feliz.

— Não — ela grunhiu —, eu comprei. Não dá para acreditar que dormi com você. Foi a coisa mais estúpida que já fiz. Não volto ao passado.

— Que jeito encantador de me considerar.

— Eu poderia considerá-lo coisas muito piores, e devia mesmo — ela retrucou, enfiando uma bisnaga de pão no forno para aquecer e ligando a cafeteira. — Foi simplesmente uma grande estupidez.

— Por quê? Nós nos amamos.

Parecia calmo e olhava para ela com um ar satisfeito, pois não se sentia tão feliz assim desde que a deixara.

— Seria grosseiro lembrá-lo que se divorciou de mim? E por tudo que sei, estava certo. Nossas vidas eram simplesmente diferentes demais.

— Tudo é diferente agora. Você é uma escritora que passa fome, morando num sótão em Paris. Podia se casar comigo pelo meu dinheiro.

— Eu tenho meu próprio dinheiro, não preciso do seu.

— Que pena. Se você estivesse atrás do meu, tudo seria perfeito.

— Você não está levando isso a sério — ela ralhou com ele, tirou a baguete do forno e serviu duas xícaras de café.

Pôs a quantidade certa de açúcar numa das xícaras e entregou a ele.

— Estou levando muito a sério. Você é quem não está. É totalmente imoral dormir com um cara e mandá-lo cair fora de manhã. Sobretudo se ele diz que a ama.

— Eu não quero um relacionamento, não quero um namorado e muito menos um marido. Só quero ficar sozinha para escrever meu livro. Escute, nós fizemos uma coisa idiota. Fomos para a cama; muitos ex-maridos e ex-esposas fazem o mesmo. É considerado um lapso de discernimento. Nós fizemos isso. Acabou. Você volta para Nova York. Eu fico aqui. Esquecemos para sempre que fizemos isso.

— Eu me recuso a esquecer. Sou viciado no seu corpo — ele disse, provocando-a, enquanto servia os ovos mexidos, acrescentava o bacon e se sentava à mesa da cozinha.

— Você se deu muito bem sem meu corpo durante todo o ano passado. Ingresse num programa de desintoxicação para se livrar do vício.

— Não tem graça nenhuma — ele disse, seriamente.

— Nem você. Nem o que fizemos ontem à noite. Foi simplesmente uma grande estupidez.

— Pare de dizer isso. É insultante. Foi maravilhoso e você sabe que foi. E sabe por quê? Porque nos amamos.

— Nós nos amávamos. Nem conhecemos mais um ao outro agora. Somos quase dois estranhos.

— Então passe a me conhecer.

— Não posso. Você é geograficamente indesejável. E eu tenho mais juízo, John — ela disse, séria, com um garfo cheio de ovos na mão, deliciosos aliás —, seja razoável. Eu o enlouquecia. Você detestava ser casado comigo. Disse isso. E me abandonou.

— Eu estava apavorado. Não sabia o que fazia. Toda sua vida e todo seu mundo eram desconhecidos para mim. Agora sinto falta deles. Sinto falta de você. Penso em você o tempo todo. Não quero uma loura chata da sociedade beneficente. Quero minha ruiva doida.

— Eu não sou doida — ela disse, parecendo mal-humorada.

— Não, mas sua vida era, um pouco. Ou pelo menos excêntrica.

— Talvez você se chateasse agora. Eu me tornei muito reclusa.

— Pelo menos não é frígida — ele a provocou.

— Eu poderia aprender a ser, se isso o convencesse a ficar longe de mim. Leve apenas a última noite como lembrança, como se fosse um presente de despedida que demos um ao outro. Deixe as coisas do jeito que estão. A gente vai rir disso daqui a 20 anos.

— Somente se ainda estivermos juntos — disse ele, com firmeza.

— Só posso prometer que não estaremos. Não vou voltar para você. E você não me quer realmente, nem antes. Você só pensa que quer, porque não pode.

— Fiona, eu a amo — ele disse, parecendo desesperado.

— Eu também o amo. Mas não vou vê-lo mais. Nunca mais. Se é assim que a gente se comporta quando está junto, isso prova que não podemos ser amigos, o que eu já achava mesmo.

— Então vamos ser amantes.

— Moramos em cidades diferentes.

— Eu voarei para cá nos fins de semana.

— Não seja tolo, isso é loucura.

— Assim como não ficar com uma pessoa que a gente ama e a quem amou antes o bastante para se casar com ela.

— E detestou bastante para se divorciar dela — ela lembrou mais uma vez, e ele revirou os olhos, mastigando um pedaço de bacon.

O café estava delicioso. Ela sempre preparava um excelente café.

— Eu não a detestei — ele a corrigiu, parecendo mortalmente sem graça.

— Sim, detestou. Você se divorciou de mim — ela retrucou, categórica, terminando os ovos e encarando-o.

— Eu fui um sacana. Reconheço. Um grande idiota.

— Não, não foi — ela disse, delicadamente. — Você foi maravilhoso, e por isso eu o amei. Só não quero fazer tudo de novo. Já fizemos. Acabou. Por que ferrar as boas lembranças com outras ruins? Eu tinha quase esquecido a parte ruim, e agora você aparece e quer repetir tudo de novo. Bem, eu simplesmente não quero.

— Ótimo. Então não repetimos. Vamos fazer apenas a parte boa.

— Já fizemos ontem à noite. Agora pode voltar para Nova York, para sua amiga da sociedade beneficente, e tocar a vida sem mim.

— Você simplesmente arruinou isso para mim. Agora me deve alguma coisa — ele disse, recostando-se na cadeira e olhando-a presunçosamente. — Não pode simplesmente dormir comigo, virar minha vida de cabeça para baixo e depois me descartar como lixo. E se eu estiver grávido? — ele perguntou, parecendo indignado, e ela riu, curvando-se para beijá-lo.

— Você é louco mesmo — disse, feliz.

— Peguei de você — ele rebateu, retribuindo-lhe o beijo, e olhou o relógio atrás dela e sorriu. — E já que você vai apenas me usar, jogar fora e me esquecer, que acha de nos dar um pouco mais para lembrar, antes de eu pegar o avião para Nova York? Ainda me restam algumas horas, se você parar de falar.

Ela ia dizer-lhe que era uma idéia ridícula, mas quando ele a beijou de novo decidiu que não era. Cinco minutos depois, voltaram mais uma vez para a cama e ali ficaram durante as duas horas seguintes.

Ele se levantou da cama ao meio-dia, pesaroso. Tinha de tomar banho, barbear-se, vestir-se e pegar suas coisas no Crillon. Dispensara o motorista na noite anterior e lhe dissera que tomaria um táxi de volta ao hotel. Não quisera deixá-lo esperando. E acertara para que ele fosse buscá-lo no hotel no dia seguinte à uma da tarde para levá-lo ao aeroporto. Pensara em passear a pé por Paris pela manhã, mas gostara muito mais de estar com Fiona.

— Detesto ter de deixar você — disse tristonho, vestindo o paletó.

Não tinha a menor idéia de quando a veria de novo, ou se ela o receberia. Era incrivelmente obstinada e parecia absolutamente decidida a terminar. Ou nem começar.

— Você vai me esquecer assim que pousar em Nova York — ela o tranqüilizou.

— E você, vai me esquecer ainda mais cedo? — ele perguntou, com uma expressão trágica.

Ela sorriu para ele então, e o abraçou.

— Eu jamais esquecerei você. Vou amá-lo para sempre — disse, para valer, e quase chorou quando ele a beijou desta vez.

— Fiona, case-se comigo... por favor... eu a amo... juro que nunca mais a deixarei de novo. Por favor, me ajude a consertar isso. Cometi um terrível erro quando a abandonei. Não nos puna aos dois por eu ter sido tão idiota.

— Você não foi idiota. Tinha razão. E eu não posso fazer isso. Amo você demais. Não quero me machucar de novo nem machucar você. É melhor assim.

— Não, não é.

Mas ele não podia ficar para argumentar com ela. Tinha de pegar o avião. Beijou-a uma última vez antes de sair, desceu correndo a escada e atravessou o pátio, enquanto ela ficava o olhando pela última vez. Depois que ele partiu, ela se arrastou de volta para a cama e ficou ali o dia todo, chorando e pensando nele. Ele ligou do aeroporto, e ela não atendeu ao telefone. Ouviu deixar uma mensagem na secretária eletrônica, dizendo o quanto a amava, e ela apenas fechou os olhos e chorou com mais vontade ainda.

Capítulo 15

FIONA NÃO CONTOU A ADRIAN O que fizera quando ele telefonou no dia seguinte para contar sobre seu jantar de Ação de Graças. Ela ouviu e fingiu estar interessada, mas só conseguia pensar em John. Ele ligara uma dezena de vezes desde que partira. Mas ela não atendera aos telefonemas nem os retornara. Não ia tornar a falar com ele de novo. Falara sério. Estava acabado. A noite dos dois juntos fora um breve intervalo em uma vida separada um do outro. E em todos os aspectos possíveis tornara tudo mais difícil. O que a deixou ainda mais determinada a não falar com ele, nem vê-lo mais. Jamais amara alguém assim, e não queria sofrer mais uma vez aquela dor, sobretudo por ele. Amava-o demais para tentar de novo. E sabia que um dia ele ia acabar não telefonando mais.

Levou quase uma semana para voltar ao trabalho. Caminhava, fumava, conversava consigo mesma. Tentava trabalhar e não conseguia. Era como desintoxicar-se de uma droga que criava imensa dependência. Não apenas suspirava por ele e ansiava por ele. Sentia um irresistível desejo por ele. Tudo isso mostrava que ele era muito nocivo para ela.

John partira havia uma semana quando Andrew Page telefonou e lhe disse que a segunda editora queria comprar seu livro. Não apenas isso. Estavam oferecendo um contrato para três livros. Era a primeira e única boa notícia que recebia desde a partida de John, e depois de desligar ela percebeu que nem isso a deixara animada. Sentia-se quase tão infeliz quanto ficara quando ele se divorciara dela. E nos últimos dias ele finalmente parara de telefonar.

Ela saiu naquela tarde para comprar comida, o que lhe pareceu uma tolice, pois quase não estava comendo nada, de qualquer modo, mas precisava de cigarros e café. Quando entrou no pátio de seu prédio de volta com as sacolas, ouviu passos atrás. Virou-se para ver quem a seguia, e o viu ali parado, olhando-a. Parecia arrasado. Ele não lhe disse uma palavra, apenas caminhou em sua direção.

— Que faz aqui? — ela perguntou com voz neutra.

Não tinha energia para brigar com ele. Mas não se sentia nada diferente de quando ele partira. Fora sincera em tudo que dissera, e a agonia que sofrera na última semana apenas confirmava isso. Ele era perigoso para ela. Não ia dormir com ele desta vez, fosse qual fosse o motivo que o trouxera a Paris.

— Eu não posso viver sem você — ele desabafou, parecendo sincero.

— Faz um ano e meio que vive — ela o lembrou, largando as sacolas no chão. Estavam pesadas. Ele as pegou e ficou ali a olhá-la.

— Eu a amo. Não sei mais o que dizer. Cometi um erro terrível. Você tem de me perdoar.

— Já o perdoei há muito tempo — ela disse, triste e derrotada.

— Então por que não tentar mais uma vez? Sei que daria certo desta vez.

— Eu confiei em você. E você me traiu — ela respondeu simplesmente.

— Eu prefiro arrancar meu coração a fazer isso com você novamente.

— Não sei se algum dia eu conseguiria confiar em você de novo.

— Então não confie. Deixe-me conquistar sua confiança.

Ela ficou ali olhando-o por um momento, pensando nas coisas que Adrian lhe dissera muito antes, sobre concessões e ajustes. Ela também não fizera isso com muita perfeição. E ele estava disposto a confiar nela. A única coisa de que tinha certeza agora era que o amava.

Não disse uma palavra, apenas se virou e subiu a escada, destrancou a porta e ele a seguiu, carregando as duas sacolas da mercearia, e fechou a porta atrás dele.

Capítulo 16

A NEVE CAÍA NA VÉSPERA DE NATAL, e Adrian chegara a Paris naquela manhã. Comprara presentes para ela, e ela tinha uma pilha de pacotes para ele, embrulhados em papéis bem coloridos e brilhantes, sob a árvore que decorara na véspera. O apartamento parecia aconchegante, confortável e festivo. Fiona parecia mais séria do que nunca.

Ela usava um vestido de veludo branco que comprara na Didier Ludot, com um casaquinho debruado de arminho. Fora feito por Balenciaga nos anos 1940, e Adrian achou que nunca a vira mais linda e elegante. Haviam reservado uma mesa no Le Voltaire para mais tarde naquela noite, e iam assistir à missa na Saint Germain d'Auxerrois antes. Era uma igreja gótica pequena e escura, feita de pedra, e quando os dois entraram viram que fora inteiramente iluminada com velas. Ela nada disse na ida de táxi até lá, e Adrian não a pressionou, e a deixou sentada, calada, junto à janela. Tomou a mão dela na sua e a ficou segurando.

Quando chegaram à igreja, John esperava na entrada. Sorriu assim que a viu. Fora complicado o arranjo, mas ele cuidara dos mínimos detalhes. Todos os documentos dos dois estavam em ordem. Haviam-se casado numa igreja protestante antes, e por isso podiam casar-se agora numa igreja católica, o que fazia a união parecer ainda mais oficial para ela. Fiona contara a Adrian antes que ele viesse, para o caso de ele preferir cancelar a viagem, mas ele insistiu que queria estar lá. Ia visitar amigos no Marrocos quando ela e John partissem para a Itália em lua-de-mel. Os três iam passar o Natal juntos, como haviam planejado, e embarcar em suas respectivas viagens no dia seguinte. Ela quis que Adrian participasse como testemunha. Ainda lhe parecia ligeiramente louco, e se surpreendia consigo mesma por estar disposta a fazê-lo. Não achava que poderia confiar de novo nele, mas viu que confiava. E, no fim, o que deviam um ao outro tanto quanto amor, era perdão.

O padre oficiou a cerimônia em francês, mas mandou-os fazer os votos em inglês, para saberem o que estavam dizendo. E, quando John segurou a mão dela na sua e colocou a aliança, ela se sentiu mais casada com ele que nunca. Lágrimas brotaram dos olhos dele quando ele respondeu que sim, e as lágrimas escorreram pelas faces dela quando fez os votos. Foi um momento inesquecível. E, quando o padre os declarou marido e mulher, John ficou ali parado por um momento, antes de beijá-la e apenas abraçá-la junto a si. Depois sorriu para ela com um olhar que ela jamais esqueceria. Saíram, deixando a igreja toda iluminada atrás, e ficaram na rua por um momento observando a neve, e então correram para o carro, rindo, com Adrian bem atrás deles jogando neve nos dois em vez de arroz.

Comemoraram no La Voltaire naquela noite, e às dez horas já estavam em casa. Adrian ia ficar hospedado no Ritz, e John cochichou alguma coisa antes de ele ir embora. À meia-noite, quando os dois já se achavam na cama, a campainha tocou. John e Fiona ainda estavam acordados, conversando. Tinham muito no que pensar e planos a fazer. Ele ia continuar vindo de Nova York nos fins de semana durante dois meses, e de algum modo convencera a agência a abrir uma filial em Paris, dirigida por ele. Tinham de procurar uma casa, e ele vendera o apartamento em Nova York. Ela continuava tentando convencer os proprietários a vender a casa em que morava, mas eles continuavam recusando. E John teve uma séria conversa com as filhas pouco antes de viajar de volta a Paris para casar-se com Fiona. Dissera-lhes em termos categóricos quais eram os limites. Não precisavam amar Fiona, ele não podia forçá-las. Mas tinham de ser respeitosas, civilizadas e educadas com ela. Era o que devia ter-lhes dito dois anos antes.

— Quem você acha que é? — perguntou Fiona, parecendo preocupada quando a campainha tocou.

Não conhecia uma única alma em Paris que tocaria sua campainha à meia-noite.

— Deve ser o Papai Noel — disse John, sorrindo.

Parecia em paz e feliz quando foi abrir a porta, e um mensageiro do Ritz entregou-lhe alguma coisa. Adrian guardara-a no quarto do hotel para ele, e John voltou para o quarto com a encomenda.

— Quem era? — ela perguntou, com um ar desconfiado.

— Eu acertei — ele respondeu. — Era o Papai Noel. Pediu que eu lhe cumprimentasse, disse alô, rô, rô, rô e todas aquelas coisas — e, dizendo isso, botou a trouxa nos braços dela, e a observou enquanto ela abria um pequeno cobertor azul, e uma cabecinha preta surgiu e a olhou.

Parecia um cruzamento de morcego com coelho, e ela aproximou o bichinho do rosto e olhou para John. Era um filhote de buldogue francês de dois meses.

— Oh, meu Deus, você não... — ela disse, com as lágrimas aflorando nos olhos e desviando o olhar do filhote para o marido. Aconchegou-o na cama e viu que era fêmea. — Eu não acredito que você fez isso!

— Gostou? — ele perguntou, sentando-se na cama ao lado dela.

Não era Sir Winston, mas um parente francês afastado, e mais um elo entre os dois. Ele sabia o quanto ela devia ter sentido a falta dele.

— Adorei — disse Fiona, os olhos arregalados, exatamente como uma criança no dia de Natal.

Comprara para John um belo quadro de um pintor que ele adorava, mas nada tão maravilhoso quanto aquele filhotinho. E com ele no colo curvou-se e o beijou. Sabia ao olhá-la que tudo ia ser melhor desta vez. De uma forma boa, certa, a mesma coisa, só que nova, melhor, e eles seriam diferentes. Ela mais uma vez confiara nele, o que já era um milagre. Ela sempre o amara.

— Obrigado por nos ter dado uma segunda chance — sussurrou John, e o filhote lambeu-lhe o rosto, depois mordiscou o dedo, e ele olhou amorosamente para a mulher.

Os votos significavam mais para eles desta vez, assim como o amor que os unia.

Este livro foi composto na tipologia Agaramond, em corpo 11,5/16, e impresso em papel off-set 90g/m²
no Sistema Cameron da Divisão Gráfica
da Distribuidora Record.